Pasión inagotable

CHARLENE SANDS

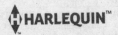

Editado por HARLEQUIN IBÉRICA, S.A.
Núñez de Balboa, 56
28001 Madrid

I.S.B.N.: 978-84-687-3172-8
Depósito legal: M-13391-2013
Editor responsable: Luis Pugni
Fotomecánica: M.T. Color & Diseño, S.L. Las Rozas (Madrid)
Impresión en Black print CPI (Barcelona)
Fecha impresion para Argentina: 30.12.13
Distribuidor exclusivo para España: LOGISTA
Distribuidor para México: CODIPLYRSA
Distribuidores para Argentina: interior, BERTRAN, S.A.C. Vélez
Sársfield, 1950. Cap. Fed./ Buenos Aires y Gran Buenos Aires,
VACCARO SÁNCHEZ y Cía, S.A.

Capítulo Uno

Rancho Sunset, Nevada

Sophia Montrose miró los fríos ojos negros del vaquero, cuyos labios se torcían en una mueca de mofa.

—No podías esperar para presentarte aquí, ¿verdad?

No era una bienvenida precisamente cordial al rancho Sunset, pero Sophia tampoco se la esperaba de Logan Slade. Hacía mucho que había decidido mantenerse firme y no dejarse intimidar por él. No había vuelto a verlo desde que se marchó del rancho con quince años, y había olvidado las reacciones que podía provocarle su aspecto duro y varonil. La madurez lo había hecho aún más atractivo, pero Sophia no podía olvidar hasta qué punto él la despreciaba.

—¿Está Luke en casa? —le preguntó, confiando en ver pronto el rostro jovial y amistoso del hermano menor de Logan.

—No. Llegará mañana. ¿Quieres volver para entonces?

Sophia negó con la cabeza. No tenía adonde ir.

Había dejado su pequeño apartamento de Las Vegas y había conducido durante horas para llegar al rancho.

–He venido a por las llaves de la casa.

–Las tendrás.

Logan le había dicho a su abogado que no le facilitara las llaves. Quería que Sophia fuese a buscarlas personalmente. Así hacía él las cosas. Quería verla sufrir, o al menos, que se sintiera incómoda en cuanto entrase en su propiedad.

Ella levantó una mano con la palma hacia arriba.

–Por favor. Me gustaría instalarme cuanto antes.

Él la observó por unos segundos, antes de darse la vuelta.

–Sígueme.

Sophia se quedó en el umbral con la mano extendida. La bajó rápidamente al costado y entró en la casa con la cabeza bien alta.

Nada más entrar se le formó un nudo en la garganta al encontrárselo todo tal y como lo recordaba. ¿Cuántas veces había jugado allí con Luke? ¿A cuántas fiestas de cumpleaños y otros eventos había asistido allí con su madre? Una oleada de calor y nostalgia la invadió, barriendo los intentos de Logan por arruinar su regreso.

Siguió a Logan por el largo pasillo hacia el despacho de su difunto padre. Sus relucientes botas negras resonaban en el suelo de madera pulida y presentaba un aspecto impecable también por detrás, con unos vaqueros nuevos y una camisa azul.

No hizo el menor intento por dirigirle la palabra, y en cualquier caso ella no esperaba recibir conversación por su parte.

Se imaginaba su reacción al conocer la última voluntad de su padre. El señor Slade había incluido a Sophia en el testamento. Debió de tomar la decisión en el último momento, porque nadie se lo esperaba. Cuando Luke la llamó para comunicárselo, Sophia percibió su gran asombro y desconcierto. Pero Luke le aseguró que estaba impaciente por volver a verla después de tantos años, a pesar de las circunstancias.

La mayor sorprendida fue ella, al descubrir que Randall Slade le había dejado en herencia la mitad del Sunset Lodge, el hotel rústico situado en el rancho. La única condición era que debía ocuparse del establecimiento durante un año antes de poder vender su parte.

Habían pasado doce años desde que viviera allí. Su madre, la gerente del Sunset Lodge, se había marchado de repente, había roto todos los lazos con la familia Slade y le había pedido a Sophia que hiciera lo mismo. Entre otras muchas cosas, Sophia perdió la amistad con Luke.

—Es lo mejor —le había asegurado su madre, pero Sophia no podía entenderlo. A Sophia la habían sacado del instituto en su primer año sin avisarla ni explicarle nada. Había dejado atrás a todas sus amistades e ilusiones y se había pasado los meses siguientes llorando desconsoladamente.

Su madre había muerto de cáncer y Sophia había vuelto al rancho para reclamar una herencia inesperada. Randall Slade siempre había sido muy bueno con ella, la había tratado como si fuera de la familia y había sido lo más parecido a un padre que Sophia había tenido después de que el suyo la abandonara cuando tenía tres años.

–Pasa –le dijo Logan, y Sophia lo siguió al interior del despacho–. Siéntate –le indicó un sofá. Miró a su alrededor y advirtió que toda la habitación había sido renovada.

–No, gracias –respondió, ganándose un gruñido de Logan. Sonrió para sí misma. Se aferraría a las pequeñas victorias.

Le habría gustado que fuese Luke el que la recibiera. Pero se había visto obligada a adelantar su llegada unos días, y quizá fuera mejor encontrarse con Logan cuanto antes en vez de postergar el inevitable enfrentamiento. De ese modo, cuando volviera a ver a Luke no sería bajo la sombra de su hermano mayor.

–Siento lo de tu padre –dijo–. Era un buen hombre. Debes de echarlo mucho de menos.

Logan permaneció inalterable.

–No estamos aquí para hablar de tu relación con mi padre.

–¿Ni siquiera puedo expresar mis condolencias? Tu padre siempre se portó muy bien conmigo.

Logan se sentó en el sillón giratorio de cuero, que crujió bajo su peso.

–Se portó muy bien con las mujeres Montrose… a costa de mi familia.

A pesar de estar sentado y ella de pie, la penetrante mirada de Logan la hizo sentirse pequeña. Tragó saliva para deshacer el nudo que se le había formado en la garganta al pensar en la muerte de su madre. Logan podía odiarla cuanto quisiera, pero no iba a permitirle que hablara mal de su madre.

–Mi madre murió hace unos meses, Logan. La echo terriblemente de menos, como seguro que tú echas de menos a tu padre. Te pediría que te guardes para ti mismo lo que creas saber.

–Conozco la verdad, Sophia. Y no se puede endulzar con palabras –su voz expresaba una convicción irrefutable–. Tu madre tuvo una aventura con mi padre, en las propias narices de mi madre. Louisa solo quería su dinero, pero él estaba tan cegado por su belleza que no se daba cuenta. Nuestra familia nunca volvió a ser la misma. Aquella traición casi acabó con nosotros.

Sophia miró por la ventana hacia los jardines y establos, donde se criaban espléndidos caballos para ser vendidos. El resto del complejo se destinaba a albergar huéspedes que deseaban probar la vida en un rancho.

Los hermanos Slade: Justin, Luke y Logan, se habían apoyado los unos a los otros para superar la muerte de sus padres, mientras que Sophia estaba completamente sola. Sentía el sufrimiento padecido por los Slade, pero lo que había trascendido entre su madre y Randall no podía explicarse fácilmente.

–Mi madre salvó el matrimonio de tus padres –observó, recalcando la palabra matrimonio.

–Lo de exhibirte medio desnuda en los escenarios de Las Vegas se te ha subido a la cabeza.

Remachó el comentario con una mirada triunfal. No debería sorprenderla que Logan supiera que había trabajado como *showgirl*. Sophia había llevado una vida decente y discreta, pero cuando su madre enfermó de cáncer no le quedó más remedio que tomar medidas drásticas para cuidar de ella. Y no se avergonzaba. Casi todo el mundo en Nevada sabía lo de su escandaloso matrimonio con un anciano multimillonario. Había acabado llenando las páginas de la prensa amarilla. Incluso en Las Vegas, que una *showgirl* de veintiséis años se casara con un magnate del petróleo de setenta y uno era todo un notición.

–De modo que lo sabes...

–Leo los periódicos, Sophia.

–Mi matrimonio y mi trabajo no son asunto tuyo –replicó ella suavemente. No le quedaba espacio en su corazón para albergar más dolor. La esperaban muchas batallas, pero no quería discutir con Logan en aquel momento.

Él volvió a mirarla de arriba abajo, en esa ocasión con más detenimiento. Observó los largos mechones negros que se le habían escapado del recogido en la nuca, antes de escrutar sus ojos, color ambarino, y sus carnosos labios. Mantuvo la vista fija en ellos y Sophia se preguntó si recordaría el beso que se habían dado en el instituto. El beso que la había dejado sin aliento y deseosa de recibir más. El beso que Logan había empleado para humillarla. Sophia nunca lo había superado, su primer beso de verdad, ni el dolor que le provocó.

–Eres preciosa, Sophia –la había apretado contra su cuerpo y besado con una increíble mezcla de dulzura y pasión, y Sophia se había rendido al torrente de sensaciones desconocidas que brotaban en su estómago. Se había abrazado a su cuello por instinto y él había seguido besándola hasta que los interrumpieron las risas al otro lado de la pared. Logan se separó con brusquedad, la miró muy serio por un instante congelado en el tiempo y luego se marchó para reunirse con sus amigos, dejándola aturdida y embobada.

Al día siguiente toda la escuela hablaba de la apuesta que Logan había hecho con sus tres compañeros de clase… Que Sophia no lo rechazaría si intentaba besarla porque era una chica tan fácil como su madre.

Ladeó la cabeza y lo miró fijamente mientras intentaba reprimir las sensaciones que le suscitaba el recuerdo. Desearía no haberse sentido nunca atraída por el hermano mayor de Luke, pero era imposible olvidar aquel beso e ignorar lo que su ardiente mirada la hacía sentir. Era como si Logan la hubiese marcado de por vida.

Él continuó con su asalto visual, recorriéndole con la mirada el escote de su recatado vestido veraniego y posándola en el busto. Por mucho que Sophia lo intentara, no podía ocultar el tamaño ni la forma de sus pechos. Se pusiera lo que se pusiera, atraía todas las miradas.

La mirada de Logan descendió finalmente por sus piernas y Sophia se arrepintió de no haberse sentado cuando tuvo la oportunidad. El implacable escrutinio de Logan la hacía sentirse tensa y vulnerable.

–¿Qué le hiciste al viejo? –le preguntó cuando volvió a mirarla a los ojos–. ¿Le provocaste un infarto en la cama?

Sophia ahogó un gemido de indignación. Era evidente que Logan pretendía ofenderla.

–Sigue vivo, gracias a Dios. Pero estamos… divorciados.

Logan la observó en silencio unos segundos.

–Muy poco ha durado vuestro matrimonio… ¿Fue Gordon Gregory lo bastante listo para firmar un acuerdo prenupcial?

–No es asunto tuyo, pero fui yo la que exigió firmarlo.

Logan se recostó en el sillón y soltó una carcajada.

–A mí no me engañas, Sophia. Eres igual que tu madre.

–Gracias. Lo tomaré como un cumplido. Mi madre era una mujer extraordinaria.

La sonrisa se borró del rostro de Logan. Se echó hacia delante y la miró fija y seriamente a los ojos.

–Te propongo un trato. ¿Qué te parece si te compro tu mitad del rancho sin que tengas que esperar un año? Mi abogado encontrará la forma de sortear esa cláusula, y estoy dispuesto a hacerte una oferta muy generosa.

–No.

–¿No quieres saber la cifra? –agarró un bolígrafo, preparado para escribir una suma.

–Ninguna cifra será suficiente.

Logan no pareció muy convencido.

–Te pagaré dos veces su precio.

Aquella oferta fue como una puñada directa al corazón. Quería librarse de ella a toda costa, pero Sophia no iba a permitir que nada la detuviese. Fuera cual fuera su oferta, no iba a renunciar a sus derechos legales sobre el rancho.

–Voy a quedarme y a encargarme del Sunset Lodge.

Aquel rancho había sido su hogar durante doce años. Le había encantado vivir en la casa de campo y nunca había querido vivir en otro sitio. Ni Logan Slade ni nadie iba a echarla de allí. Se quedaría en el rancho y sería una encargada tan eficiente como lo había sido su madre.

–Por favor, Logan… las llaves.

Logan acompañó a Sophia a su coche. El viejo y abollado Camry ofrecía un aspecto lamentable con los neumáticos desgastados y la pintura descascarillada. Aquel amasijo de metal debía de tener quince años, por lo menos. No era la clase de coche que conduciría una *showgirl* de Las Vegas casada con un viejo forrado.

Apretó las llaves de la casa en la mano, deseando que su padre no hubiera incluido a Sophia en su testamento. Era demasiado guapa. Tenía unos preciosos ojos dorados, un pelo negro azabache y una piel que relucía al sol de Nevada. Era la clase de mujer que hacía perder la cabeza a los hombres, y él no quería pensar en los problemas que podría provocar su presencia en el rancho. Todos sus trabajadores besarían el suelo que pisara, igual que habían hecho con Louisa. Bastaría con una simple sonrisa para tenerlos a todos comiendo de su mano. Sophia Montrose se había convertido en la viva imagen de su madre. Era incluso más atractiva que Louisa, por mucho que Logan odiara admitirlo.

–¿Te importa explicarme por qué quieres vivir en este lugar infestado de moscas y que apesta a estiércol?

Sophia puso los ojos en blanco y respiró profundamente. La tela del vestido se estiró sobre sus grandes pechos y Logan sintió una dolorosa reacción en la entrepierna.

–El rancho Sunset también fue mi casa, Logan. Aquí pasé los doce mejores años de mi vida, trabajando con mi madre en una propiedad de la que ahora poseo la mitad gracias a la generosidad de tu padre. ¿Por qué no iba a querer vivir aquí?

Logan se frotó la nuca. No podía entender por qué su padre le había dejado a Sophia la mitad del rancho en herencia.

–¿Es que no te gustaba vivir en Las Vegas? ¿A una mujer como tú?

–No tienes ni idea del tipo de mujer que soy, Logan –replicó ella, entornando los ojos.

Sabía que era la clase de mujer sin escrúpulos que se acostaba con un viejo por su dinero. El viejo debía de haber entrado en razón antes de que ella lo desplumara, con o sin contrato prenupcial.

–No puedo cambiar el pasado –continuó ella–. Pero he venido para empezar una nueva vida.

–En la tierra de los Slade.

–Sí, en la tierra de los Slade. Y ahora ¿puedes darme las llaves o vas a seguir meneándolas delante de mí?

Logan miró las llaves que tenía en la mano.

–Nadie ha vivido en esa casa desde que te marchaste.

–¿Quieres decir que sigue estando igual?

Él asintió.

–Mi padre no permitió que nadie la ocupara. Fue otra victoria para Louisa, y como te podrás imaginar a mi madre no le sentó nada bien. Los oía discutir por la noche.

–Eso no fue culpa de mi madre. Ni mía.

–Tendrás que dejar que se vaya la gerente actual.

–¿Que se vaya? ¿Qué quieres decir?

–Quiero decir que va a perder su empleo. El rancho no puede permitirse tener a dos gerentes a jornada completa. La señora Polanski tendrá que marcharse.

–No esperarás que la despida, ¿verdad?

–Bueno, si no quieres despedirla, puede quedarse y tú venderme tu parte. Así todos contentos.

Sophia lo fulminó con la mirada.

–Vete al infierno.

Logan sonrió. Hasta ese momento Sophia había mantenido la compostura, pero su atractivo aumentaba cuando echaba chispas por los ojos y se le encendían las mejillas.

–Solo te estoy exponiendo la situación, Sophia. La señora Polanski se ha encargado de todo durante ocho años. Lo hace muy bien y los huéspedes están encantados con ella.

–Y dejas que sea yo quien la despida… Qué considerado por tu parte.

–Algo hay que hacer. Parece que mi padre no tuvo en cuenta todos los detalles cuando renunció al rancho.

–Yo solo poseo la mitad. No renunció a todo.

–Seguro que te habría gustado que lo hiciera…

Ella levantó su perfecta barbilla en gesto desafiante.

–Desde luego que sí. Me habría gustado ser la propietaria de todo el rancho.

Logan la miró con asombro. No se había esperado que lo admitiera.

–De esa manera no tendría que tratar contigo –continuó ella–, ni despedir a una empleada.

Fue el turno de Logan para irritarse.

–El rancho ha pertenecido a la familia Slade durante generaciones. Después de la Segunda Guerra Mundial solo era una pequeña pensión para vagabundos y soldados sin blanca, hasta que mi abuelo la transformó en lo que es hoy. ¿Puedes decirme qué pintas tú en este lugar?

Sophia levantó los brazos en un claro gesto de impaciencia.

–No sé por qué tu padre fue tan generoso conmigo, Logan, pero es evidente que confiaba en mí para hacer el trabajo. Y a eso he venido. Si tengo que despedir a alguien lo haré, pero... –lo apuntó con un dedo– que sepas que no olvidaré que me has obligado a hacerlo.

–Así quiero que me recuerdes, Sophia. Como el tipo que te pondrá continuamente a prueba. No perteneces a este lugar, pero no me interpondré en tu camino si haces bien tu trabajo. Y no temas... Voy a cederle a Luke todas mis responsabilidades en el rancho y será con él con quien te entiendas desde ahora en adelante –dejó caer las llaves en su mano–. Empiezas mañana.

Ella cerró las manos alrededor de las llaves.

–No quería empezar de esta manera, Logan.

Él le abrió la puerta del coche y trató de conservar la calma.

–La casa está a un kilómetro por la carretera. Seguro que recuerdas cómo llegar hasta allí.

–Sí, lo recuerdo muy bien –al pasar junto a él para meterse en el coche le rozó el torso con los pechos. El tacto, duro y firme, junto a la erótica fragancia de su perfume, lo dejó momentáneamente aturdido, como si hubiera recibido un puñetazo en la cara.

Cerró la puerta del coche y vio cómo se alejaba mientras se le escapaba una retahíla de maldiciones entre dientes.

En cuanto perdió de vista a Logan por el espejo retrovisor, Sophia dejó caer los hombros y aflojó las manos en el volante. Levantó el pie del acelerador y dejó que el coche avanzara lentamente por el camino que conducía al hotel Sunset Lodge. No quería volver a pensar en Logan Slade. La irritaba, pero también le provocaba una emoción que no quería sentir y que, por más que lo intentaba, no lograba erradicar.

No tendría problemas para evitarlo mientras viviera allí. El rancho Sunset se extendía varios kilómetros a la redonda formando un perímetro en forma de diamante. Al día siguiente, cuando Luke llegara a casa, reanudarían su amistad y discutirían todo lo relativo a sus responsabilidades. Al menos podría contar con un amigo en el rancho Sunset.

–No te preocupes, cariño –le había dicho él–. Me aseguraré de que tengas una cálida bienvenida a casa.

Había olvidado la belleza y la tranquilidad del rancho en primavera, con aquel cielo de color índigo salpicado de nubles blancas. Era un paisaje muy diferente al tráfico, las marquesinas y las luces de Las Vegas.

Lo primero que vio fueron los establos, y el corazón se le comprimió al pensar que su madre no volvería a verlos. A Louisa le encantaba cuidar a los caballos en su tiempo libre.

A medida que se acercaba, el hotel fue llenando su campo de visión. Estaba rodeado por un exuberante manto de hierba donde crecían las flores silvestres. Para el personal era un privilegio ocuparse de la propiedad y trabajar en los establos, y los Slade siempre habían mantenido relaciones duraderas con sus empleados.

Sophia se sentía muy incómoda por tener que despedir a la señora Polanski, y decidió que no podía enfrentarse aún a una situación tan difícil y embarazosa. Primero se instalaría en la casa, y al día siguiente hablaría con Luke sobre el tema.

La casa estaba lo suficientemente apartada del hotel como para ofrecer la intimidad que Sophia tanto necesitaba. El revuelo mediático que había originado su matrimonio y la prolongada agonía de su madre le habían pasado factura. Necesitaba recomponerse y volcarse en un trabajo que le gustara. Y sobre todo, tenía que demostrarse algo a sí misma.

Toda su vida había dependido de su aspecto. Nunca había tenido la ocasión de ir a la universidad. Cuando su madre cayó enferma, Sophia se valió de su talento natural para el baile y empezó a actuar en los casinos. Fue su aspecto, y no su cerebro, lo que le hizo ganar el dinero suficiente para mantenerlas a las dos.

Y por fin, en aquel rancho, se le presentaba la oportunidad para dar de sí todo lo que podía dar.

—¡Hola, señorita Montrose!

Un jinete a lomos de una espléndida yegua ala-

17

zana apareció junto al coche. Sophia se percató entonces de lo despacio que estaba conduciendo y bajó la ventanilla.

—Soy Ward Halliday. ¿No se acuerda de mí?

Sophia miró al vaquero jefe de Slade.

—Señor Halliday... Sí, claro que me acuerdo. ¿Cómo está?

—Viejo y gruñón —respondió él con una sonrisa mientras cabalgaba al paso del coche—. Pero verla aquí me ha alegrado el día.

—Muchas gracias. Es estupendo estar aquí. Echaba mucho de menos este lugar.

El vaquero dejó de sonreír y asintió seriamente.

—Siento lo de su madre.

Sophia frenó suavemente.

—Gracias. Fue muy duro...

—Me lo imagino —dijo él, tirando de las riendas de la yegua—. Era una mujer estupenda. Solía hacer galletas para mi hijo, Hunter... Ese pequeño diablo.

—Lo recuerdo muy bien. Yo la ayudaba, señor Ward.

Él volvió a sonreír.

—Ya no tiene quince años. Puede llamarme Ward. Mire, ahí viene Hunter —se giró en la silla hacia el joven que se acercaba a caballo—. Era solo un crío cuando usted y su madre se marcharon del rancho. Ahora trabaja conmigo y está pensando en ir a la universidad en otoño.

Sophia apagó el motor y salió del coche. El sol brillaba con tanta intensidad que tuvo que protegerse los ojos con la mano para mirar al joven.

–Así que tú eres el pequeño Hunter… Me alegro de volver a verte.

–Ya no soy tan pequeño, señorita –repuso él, pero sin ofenderse lo más mínimo. Y ciertamente era más alto y robusto que su padre–. ¿Va a instalarse ahora?

–Sí. Iba de camino a la casa.

Ward echó un vistazo a las bolsas que había en el asiento trasero.

–¿Necesita ayuda? Hunter puede ayudarla a descargar las cosas.

–Bueno… me vendría bien un poco de ayuda, pero si estás ocupado…

–En absoluto –dijo Hunter–. El señor Logan me ha hecho venir para ayudarla.

Sophia se sorprendió.

–En ese caso, te lo agradezco.

–Bienvenida a casa, señorita Montrose –le dijo Ward, tocándose el ala del sombrero.

–Llámame Sophia –le pidió ella antes de que espoleara a la yegua.

–Lo haré –respondió él por encima del hombro.

Sophia sonrió y volvió a subirse al coche.

–Te veré en la casa –le dijo a Hunter.

Hunter consiguió llegar antes que ella. Desmontó y se acercó para abrirle la puerta del coche.

Sophia introdujo la llave en la cerradura con el corazón desbocado, y Hunter pareció leerle el pensamiento.

–Seguro que está todo como lo recuerda.

–Eso espero…

Abrió la puerta sin más preámbulos y entró en la casa. Miró alrededor para asimilarlo todo rápidamente.

—Está tal y como la recuerdo.

Hunter también recorrió la estancia con la mirada.

—¿Dónde quiere las cajas?

Sophia entró en el dormitorio principal, que había pertenecido a su madre, e intentó que no la invadiera el sentimentalismo. No quería ponerse a llorar delante de Hunter.

—Aquí, creo.

Él la siguió y dejó las cajas en el suelo, junto a la cómoda. La luz del sol proyectaba un resplandor dorado en la habitación. Terminó de descargar el coche. Sophia le agradeció su ayuda y, una vez sola, se sentó en la cama.

Todo estaba en un estado impecable, sin una sola mota de polvo. Alguien debía de haberse preocupado por mantener la casa impoluta, y ese alguien debía de haber sido Randall Slade.

Incluso desde la tumba seguía velando por ella.

Media hora más tarde sonó el timbre de la puerta. El mismo tono musical que ella recordaba. Miró por la mirilla y vio a una mujer mayor con un jarrón lleno de rosas.

Abrió la puerta.

—¿Señorita Montrose?

—Sí… soy Sophia Montrose.

—Soy Ruth Polanski. He venido a darle la bienvenida a Sunset Lodge.

Sophia se estremeció. Ruth Polanski, la gerente del hotel... La mujer a la que tendría que despedir. No estaba preparada para ello.

–¿Quiere pasar?

–Solo un momento –respondió la mujer de cabello plateado–. No quería molestar, pero quería conocerla y darle algo para decorar la casa –le entregó el jarrón con flores–. Bienvenida –sus ojos destellaron al sonreír.

Sophia sostuvo el jarrón con una mano y la invitó a entrar con la otra. El corazón le latía frenéticamente.

–Gracias. Son preciosas.

–Espero que no le importe que me haya pasado a verla tan pronto. Hunter me ha dicho que había llegado y estaba impaciente por conocerla. Llevo ocho años ocupándome del hotel, ¿sabe?

–Eh... sí. Logan me lo ha dicho. Pero tutéame.

–No te imaginas lo contenta que estoy. Bueno... estoy muy triste por la muerte del señor Slade. Era un buen hombre, severo pero bueno, y le hice una promesa cuando su corazón empezó a fallar el año pasado.

–¿Ah, sí?

Ruth Polanski se detuvo en el centro del salón, aparentemente aliviada de compartir aquella información.

–Me hizo prometer que seguiría siendo la encargada hasta que vinieras tú a hacerte cargo. En el rancho todos saben que estoy impaciente por jubilarme. Tengo tres nietos y mi marido se jubiló el año pasado. Pero mantuve mi promesa y no le dije nada a nadie. Así lo quiso el señor Slade. Siempre fue muy bueno conmigo, y Logan… es un santo.

Si Sophia hubiera estado bebiendo, se habría atragantado al oírla.

–¿Me estás diciendo que quieres dejar tu trabajo? –la indignación hizo que la sangre le hirviese en las venas.

–Pues claro. ¿No te lo ha dicho Logan? Estaba esperando a que llegaras. Pero no te preocupes, no te dejaré en la estacada. Me quedaré hasta que sepas cómo va esto.

–Gra-gracias.

–De nada. No ha cambiado mucho desde cuando vivías aquí. El hotel sigue siendo famoso por el servicio y las instalaciones, y en primavera y verano organizamos las mismas actividades y festejos que siempre. Cuando estés lista, te lo enseñaré todo. Y cuando me vaya, Logan se encargará de responder cualquier duda que tengas.

Sophia sonrió. Logan iba a cansarse de ella muy pronto. A ella no le gustaba hacer de víctima, y encontraría la manera de vengarse de él por haberla engañado. En lo sucesivo no volvería a bajar la guardia.

–Sí, señora Polanski. Cuando te marches, Logan tendrá que responderme a muchas preguntas...

Capítulo Dos

El sol de la mañana se filtraba a través de las margaritas estampadas en las cortinas y saludaba alegremente a Sophia. Estaba en el viejo dormitorio de su madre y aquel día comenzaba su nueva vida.

Le había costado conciliar el sueño, y todo por culpa de Logan Slade y su desagradable bienvenida. Estaba decidida a tener éxito en su difícil tarea, pero las dudas la acosaban sin tregua.

Seis semanas antes, no se habría imaginado de vuelta a la propiedad de los Slade, viviendo en la casa donde había crecido y siendo propietaria de la mitad del Sunset Lodge. El señor y la señora Slade habían muerto con unos meses de diferencia y a Sophia le gustaba pensar que sus almas se habían fundido en un amor inmortal. Aquel pensamiento la reconfortó mientras se ponía la bata de seda y se dirigía a la cocina.

Siempre le había encantado aquella cocina abierta y espaciosa. Conocía hasta el último detalle de aquella cocina. Todo se había mantenido igual.

Miró por la ventana y vio un perro corriendo junto a la casa, llevaba en la boca una espátula de madera de la que chorreaba algo que parecía merengue de limón. Tras él corría un niño.

–¡Ven aquí, Blackie!

Sophia se rio con la cómica escena y salió al porche. Vio el rabo negro de Blackie antes de que desapareciera tras la esquina. Parecía estar disfrutando como loco de la carrera; el niño, en cambio, tenía las mejillas rojas y jadeaba por el esfuerzo.

Sophia bajó los escalones y esperó pegada a la pared, junto a la esquina. Cuando oyó las pisadas del animal, se agachó y lo sorprendió. Pero Blackie fue más rápido y la esquivó en el último segundo.

–¡Quieto, Blackie! –le ordenó ella en tono severo.

El perro se detuvo al instante y la miró con sus grandes ojos marrones, comprendiendo que el juego había acabado.

El niño apareció en la esquina y se detuvo a unos pasos de distancia. Respiraba agitadamente y miró a Sophia con una mezcla de recelo y temor.

–Tranquilo –le dijo amablemente–. Soy Sophia Montrose y vivo aquí. Voy a trabajar en Sunset Lodge.

El chico asintió y le lanzó una mirada fugaz al perro. Blackie había decidido sentarse a tres metros de ellos y los observaba fijamente con la espátula aún entre sus dientes. De vez en cuando sacaba la lengua para lamer el limón.

–¿Cómo te llamas? –le preguntó Sophia.

Él tardó unos segundos en contestar, y su voz, aguda e inocente, le dijo a Sophia que era más joven de lo que aparentaba.

–Edward.

–Hola, Edward. ¿Cuántos años tienes?

–Di-diez. ¿Y usted?

–Yo tengo casi veintiocho. Parece que Blackie tiene algo que quieres recuperar.

–Sí, señora. La-la espátula no-no es mía. Bla-Blackie la robó de la co-cocina de la abuela. Se va a po-poner muy fu-furiosa. No-no deja que Bla–Blackie entre en la co-cocina.

–Entiendo. Bueno, seguro que si seguimos hablando y no le hacemos caso, Blackie acabará acercándose y entonces podremos quitársela.

El niño miró otra vez al perro y encaró de nuevo a Sophia con expresión dubitativa.

–¿Vives por aquí cerca? –le preguntó ella.

Él asintió con vehemencia, haciendo que sus mechones castaños le cayeran sobre los ojos.

–Vivo con mi a-abuela en el hotel. Es la co-cocinera.

Sophia se tranquilizó al comprobar que el tartamudeo del niño no se debía al miedo. No parecía importarle que las palabras le salieran a trompicones, como si se hubiera acostumbrado a aquella forma de hablar.

–Pronto la conoceré. Hoy empiezo a trabajar en el hotel.

–Sí, se-señora.

–¿Blackie es tu perro?

El niño negó con la cabeza.

–Es del se-señor Slade. Yo le doy de comer y lo sa-saco a pasear. Es mi tra-trabajo.

–Ya veo. ¿Es de Luke o de Logan?

–De Logan Slade –parpadeó varias veces–. No... no se lo di-dirá, ¿verdad?

–No, no se diré –le aseguró con una sonrisa–. Pero quizá deberías decírselo a tu abuela.

–De-dejé abierta la pu-puerta trasera y Bla-Blackie se coló dentro para de-desayunar conmigo. Cu-cuando mi a-abuela regresó se pu-puso a gritarle y Bla-Blackie agarró la e-espátula y salió co-corriendo.

–Parece que a Blackie le gusta el merengue de limón. Y no le culpo. Yo solía lamer el cuenco cuando mi madre hacía merengue.

–Mi a-abuela tam-también me deja la-lamer el cuenco.

El perro dejó caer finalmente la espátula al suelo y se acercó trotando a Edward.

–¿Lo ves? –dijo Sophia–. Ha venido a ti él solito.

Edward acarició la cabeza del perro.

–Nor-normalmente es mu-muy buen perro.

–Estoy segura –Sophia también lo acarició y el perro la miró agradecido, con la lengua fuera. Ya no era una enemiga que intentara arrebatarle el botín, sino una admiradora deseosa de hacerle carantoñas–. Voy a por algo para lavarlo. Espera aquí.

Entró en la casa y volvió a salir con un trapo empapado de agua caliente.

–Toma, para que borres las huellas del delito –le entregó el trapo a Edward y recogió la espátula del suelo, agarrando con dos dedos el extremo de madera menos sucio–. Creo que tu abuela va a tener que tirarla a la basura...

–Sí, se-señora.

–¿Y si intentas compensarla de alguna manera?

–¿Có-cómo?

–¿Le gustan las flores?

–No-no lo sé.

–A casi todas las mujeres les encantan las flores. Seguro que a tu abuela también. Si le llevas un ramo de violetas y le prometes que Blackie no volverá a robar nada de la cocina, se quedará muy satisfecha.

El chico lo pensó un momento, asintió con la cabeza y Sophia le puso la espátula en la mano.

–Te veré más tarde en el hotel, Edward.

–Es-está bien.

Se marchó con el perro y Sophia entró en casa para ducharse y elegir cuidadosamente la ropa para su primer día de trabajo. Un vestido coralino de seda ceñido a la cintura con un amplio cinturón de ante, una chaqueta ligera arremangada y unas botas de piel conferían una imagen profesional y típica. Después de vestirse, engulló un tazón de cereales y sorbió el café, dispuesta e impaciente por comenzar la jornada.

Tenía algo que demostrar a Logan Slade. Pero sobre todo a sí misma.

Media hora más tarde, entró en el Sunset Lodge. Intentó no dejarse dominar por la nostalgia y por la incredulidad que le suscitaba ser la dueña del establecimiento, y cruzó el bonito vestíbulo y giró a la izquierda hacia el despacho del encargado.

La puerta estaba abierta y Sophia se detuvo un momento en el umbral. Se disponía a llamar con los nudillos cuando la voz de Ruth Polanski la invitó a entrar.

–Bienvenida, Sophia. Pasa, por favor –se levantó y rodeó la mesa para abrazarla en vez de estrecharle la mano.

A Sophia se le encogió el corazón. Nadie la había abrazado desde que murió su madre.

–Me alegro de verte aquí. ¿Cómo ha sido tu primera noche en el rancho Sunset?

–Estupenda –le dijo Sophia. No tenía por qué confesarle lo poco que había dormido por culpa de Logan–. La casa está igual que la recordaba.

–Estupendo, querida. Podemos empezar cuando quieras, pero antes me gustaría enseñarte el hotel y presentarte al personal. Quizá recuerdes a algunos de los empleados.

A Sophia le encantó pasearse por las instalaciones y ver las caras familiares. Muchos de los empleados la recordaban de cuando era niña y le ofrecieron sus condolencias por la muerte de su madre. Fue como abrir el baúl de los recuerdos, pero también se concentró en los cambios realizados y en los que quedaban por hacer. Tomó muchas notas en el cuaderno que llevaba consigo, y de regreso al despacho de Ruth, que en lo sucesivo sería su despacho, las discutió con ella para saber su opinión.

–Tus llaves –le dijo Ruth al final de la jornada, poniéndole un juego de llaves en la mano–. Para que cierres el despacho cuando quieras.

Sophia la miró con asombro y Ruth negó con la cabeza.

–No me marcho todavía, tranquila. Me quedaré hasta el final de la semana que viene. Si necesitas que me quede más tiempo, lo haré con mucho gusto. Pero no parece que vayas a necesitar mucha ayuda. Estoy impresionada por la rapidez con que te has puesto al día.

–Gracias. Ha hecho que mi primer día sea muy agradable.

–Creo que estás sobradamente preparada para este trabajo y así se lo diré a Logan.

–Querrá decir a Luke… Me han dicho que será él con quien trate en lo sucesivo.

–Oh, sí, desde luego. Aunque ninguno de los dos hermanos te dará nunca problemas.

Sophia optó por callarse.

De vuelta a casa, se quitó las botas y la chaqueta y se dejó caer en el sofá con un vaso de té helado. Siguió disfrutando de la tranquilidad unos minutos más hasta que oyó el motor de un coche acercándose a la casa. Se levantó tan rápido que derramó el té sobre el vestido.

Unos segundos después llamaron a la puerta. Abrió y se encontró con un Luke Slade maduro e increíblemente atractivo.

–¿Qué tal? –la saludó él–. Pensé que te vendría bien contar con un amigo en estos momentos.

Fue un alivio inmenso descubrir que su viejo

amigo no había cambiado nada, salvo para convertirse en un hombre adulto, seguro de sí mismo y arrebatadoramente atractivo. Estaba muy contenta de verlo y se permitió bajar la guardia para hablar con él con toda naturalidad.

Luke se sentó en el extremo del sofá, con el talón de una bota descansando sobre la rodilla, bebiendo té helado. Su sonrisa y el brillo de sus ojos seguían siendo los mismos, pero ya no era el joven tímido y desgarbado que ella había conocido.

–Echo mucho de menos a mi madre, Luke. Durante muchos años solo nos tuvimos la una a la otra, y ahora que se ha ido me siento perdida.

–No, cariño. De nuevo has encontrado tu sitio. El rancho Sunset es ahora tu casa.

Se inclinó hacia delante y la agarró de las manos. Ella bajó la mirada a sus dedos entrelazados, agradecida por su amistad. Luke siempre la había entendido y apoyado, incluso a una edad en la que ser amigo de una chica se veía como algo ridículo. Sophia le apretó la mano y esperó que una chispa prendiera entre ellos. Que le sudaran las palmas. Un hormigueo en la piel...

Pasaron los segundos.

Nada.

Siempre se había preguntado qué sentiría por Luke si alguna vez regresaba al rancho, y si podría haber algo más que una amistad entre ellos.

Le soltó la mano y lo miró a los ojos. Luke sonreía. Era evidente que se estaba preguntando lo mismo. Sophia se puso colorada, pero sin que hubiera la menor tensión entre ambos. Y ese era el problema.

–Estás hecha un bombón, Sophia.

–Y tú estás para chuparse los dedos, Luke.

Los dos se echaron a reír.

Eran amigos y nada más. Sophia se alegró de que hubieran aclarado aquel punto. Los últimos años habían sido un infierno, teniendo que casarse con un hombre mucho mayor que ella para poder pagar el tratamiento de su madre y rezando por un milagro. Y había tenido que pagar un precio muy alto por sus esperanzas e ingenuidad.

–Gracias, Luke. Siempre sabes cómo hacer que me sienta mejor.

Él le hizo un guiño.

–Encantado de poder ayudar… Bueno, dime, ¿qué planes tienes?

Sophia se recostó en el sofá y dobló las piernas bajo el vestido.

–Espero tomar pronto las riendas del negocio. Ruth cree que estaré preparada al final de la próxima semana, pero yo tengo mis dudas –ladeó la cabeza y adoptó un tono de reproche–. Y por cierto, gracias por no haberme avisado de que ella quería jubilarse.

Luke la miró con expresión inocente.

–No pensé que fuera un problema. Ella estaba impaciente por dejar el trabajo.

–Sí, ya me lo dijo. Pero tu hermano me hizo creer que tendría que despedirla para ocupar su puesto.

Luke guardó un largo silencio y se frotó la nuca.

–Vaya… así que Logan ha intentado fastidiarte.

–Y no lo ha hecho para gastarme una broma.

Luke dejó el vaso en la mesa.

–No permitas que eso te afecte, Sophia. Logan está muy molesto por lo que ocurrió en el pasado, pero no tardará en superarlo.

–¿De verdad lo crees? –le preguntó ella sin poder camuflar su anhelo. Lo único que quería era vivir tranquilamente en el rancho Sunset.

–La verdad es que no –admitió Luke con una mueca–. Logan es más testarudo que yo.

Sophia recordó las discusiones que había tenido con Luke cuando eran jóvenes. Él nunca daba su brazo a torcer si pensaba que tenía razón.

–Seguro que te has vuelto mucho más razonable con los años...

–Yo siempre he sido razonable –protestó él.

Sophia asintió y no intentó prolongar la discusión, aunque le gustaba que todo siguiera siendo igual.

–¿De qué más hablasteis mi hermano y tú ayer?

–Intentó… –comenzó ella, pero se lo pensó mejor.

–Sigue –la animó Luke–. ¿Qué intentó hacer?

Siempre que Logan era grosero con ella, Luke acudía en su rescate y los dos hermanos acababan peleándose.

–Hizo algo, Soph. Y si no me lo dices tú, iré a preguntárselo a él directamente.

Sophia guardó silencio, y Luke se levantó lentamente.

–Muy bien. Iré a ver a mi hermano y...

–Está bien, está bien. Te lo diré. Tienes que prometerme que no harás nada. No quiero ser causa de problemas entre vosotros.

Luke apretó los labios.

–De acuerdo. Te doy mi palabra.

Sophia tragó saliva, arrepintiéndose de haber sacado el tema.

–Bueno.... Logan no solo me hizo creer que tendría que despedir a Ruth, sino que intentó comprarme mi parte de la herencia. Me dijo que su abogado podía encontrar la manera de pasar por alto la cláusula que me obliga a dirigir el lugar durante un año. Me ofreció una gran suma de dinero.

–Vaya por Dios –volvió a frotarse la nuca–. Él sabe muy bien que no puede comprar tu parte.

–Tal vez no, pero me dejó muy claro que está deseando librarse de mí.

–Lamento no haber estado aquí para recibirte.

–No es culpa tuya, Luke. Ya soy una mujer adulta, y Logan no me intimida.

–Puede que no, Sophia, pero te hace sufrir. Y eso no me gusta.

–Vamos a cambiar de tema –decidió–. Háblame de ti, Luke. Me dijiste que te dedicaste al rodeo una temporada. ¿Cómo fue?

Durante un rato estuvo escuchando a su amigo, y él la invitó a cenar el chile más picante del Oeste.

***

El chile habanero abrasaba el estómago como un incendio descontrolado y hacía falta un generoso trago de cerveza fría para sofocar las llamas. Y tras un día de trabajo a Logan no se le ocurría nada mejor que ir con un amigo al Kickin' Kitchen, donde esa noche se podía pedir todo el chile que uno pudiera digerir.

–¿Pedimos otra ración? –le preguntó Ward Halliday al sorber la última cucharada.

Logan miró el cuenco vacío delante de él.

–No. Todavía no me he recuperado de este primer asalto. Pero pide tú, si quieres –le hizo un gesto a la camarera, quien se acercó con una sonrisa.

–¿Listos para seguir comiendo, chicos?

–Mi amigo quiere seguir tentando su suerte –dijo Logan.

–¿Qué más os traigo?

–Otra ronda de cervezas, por favor.

–Enseguida –dijo ella, y se alejó para seguir atendiendo pedidos.

Ward sacudió la cabeza.

Hacía más de tres meses que no salía con una mujer y no le importaría romper su abstinencia con aquella camarera. Pero Shelby ya tenía bastantes preocupaciones sin necesidad de salir con un hombre al que no le interesaban las relaciones estables. Logan elegía con mucho cuidado a las mujeres, y solo para un poco de diversión sin compromisos.

–Si Molly te hubiera visto tonteando con esa rubia, te habría estado dando la lata hasta que salieras con ella.

–Tu mujer está deseando verme casado.

–No me digas… No deja de lamentar que los tres hermanos Slade no encontréis pareja. No quiero ni pensar en cómo será cuando Hunter tenga edad de casarse.

–¿No tiene novia?

–No. Ahora su única preocupación es ahorrar dinero para ir a la universidad en otoño.

–Eso es bueno –comentó Logan. Conocía a Hunter desde que nació, pero el chico nunca había sido muy hablador. Logan sabía que le gustaban los caballos, pues Ward le había enseñado a tratarlos con cariño y respeto.

Unos minutos después llegó Shelby con la segunda ración de chile para Ward y dos cervezas.

–Aquí tenéis, chicos –le dedicó a Logan una sonrisa–. Avisadme si queréis cualquier otra cosa.

Se giró para atender a otro cliente y Logan observó el suave contoneo de sus caderas bajo el uniforme azul marino.

–Hace mucho que salgo con nadie –murmuró.

Ward no pareció oírlo. Estaba mirando hacia la puerta y con la mano invitaba a alguien a acercarse. Logan estiró el cuello y masculló una maldición en voz baja.

–Son Luke y la señorita Sophia –dijo Ward–. Vienen hacia aquí.

Capítulo Tres

Sophia no se esperaba ver a Logan en el restaurante. Su intención era disfrutar de la cena con Luke sin preocupaciones ni problemas. Una cosa era enfrentarse al chile y otra muy distinta encontrarse con Logan.

–Te juro que no sabía que iba a estar aquí –le susurró Luke al oído mientras se dirigían a la mesa.

–Lo sé –respondió ella.

–Nos limitaremos a saludar y nos iremos.

–No, Luke. No voy a permitir que evites a tu hermano por mi culpa.

Sophia temía haber provocado ya un conflicto entre los hermanos. Tendría que encontrar la manera de guardar las formas con Logan, por el bien de todos.

–Hola a los dos –los saludó Ward cuando llegaron a la mesa–. Veo que le estás enseñando a la señorita Sophia el mejor restaurante del pueblo.

–Así es. No hay sitio mejor que el Kickin' –respondió Luke con una sonrisa, antes de volverse hacia Logan.

Su hermano tomó un sorbo de cerveza y asintió en silencio, pero Sophia no iba a dejar que la ignorase.

–Me alegra volver a verte, Ward... Y a ti también, Logan.

Logan miró de reojo el corpiño del vestido, evitando el contacto visual. Como si fuera indigna de su atención.

–Sophia.

–Estoy tomándome la segunda ración del número tres –dijo Ward en un intento por aliviar la tensión–. Cuando mayor sea el número, más picante. El máximo es el cinco, pero no soy tan valiente.

–Creo que hay que ser muy valiente para atreverse con el tres –replicó Sophia. El restaurante Kickin' Kitchen no existía cuando ella vivía allí, pero sus genes hispanos y el gusto de su madre por las especias la habían preparado para la comida picante.

–Los principiantes comienzan por el número uno y suelen quedarse ahí unos cuantos años –dijo Logan con un brillo desafiante en los ojos–. Algunos ni siquiera pueden con eso.

Sophia no pudo resistirse al reto. Iba a hacer que Logan se tragara sus palabras.

–Seguro que aguanto el número tres.

Logan dejó de beber su cerveza.

–Eso habrá que verlo.

–Sophia... –intervino Luke–, apenas hace unos meses que yo me gradué con el tres.

Ward la miró con escepticismo.

–¿Quieres que te lo demuestre? –le preguntó ella a Logan.

La camarera llevó las cervezas a la mesa.

–¿Desean una mesa? –le preguntó a Luke–. Estamos completos. Tendrán que esperar al menos veinte minutos.

–Muy bien. Esperaremos –dijo Luke con decisión. Era obvio su deseo por proteger a Sophia–. Luke Slade. Mesa para dos.

Logan dejó la cerveza y clavó la mirada en Sophia.

–¿Te rajas?

Luke miró a Sophia y negó con la cabeza, pero su advertencia llegaba tarde. Sophia estaba decidida a responder al desafío. Por un lado, no iba a dejar que Luke la tratara como si fuese una niña, y por otro, tenía que poner a Logan en su lugar. Ward se levantó para ofrecerle asiento y ella se deslizó en el banco.

–De eso nada –le dijo a Logan, y le dedicó a Ward una cálida sonrisa–. Muchas gracias, amable caballero.

Ward asintió, pero se puso rojo hasta las cejas.

–De nada.

Logan torció el gesto y suspiró con resignación mientras le hacía sitio a su hermano.

–Cancela la reserva –le dijo Luke a la camarera–. Vamos a acompañar a estos dos.

–Muy bien. Enseguida vuelvo con los menús.

–No hace falta –la detuvo Luke–. Ya sabemos lo que vamos a tomar –volvió a mirar a Sophia y ella asintió–. Dos números tres y un par de cervezas.

–Para mí agua en vez de cerveza –corrigió Sophia.

–Trae tres vasos de agua fría –sugirió Ward–. Los

habaneros te dejarán la boca más seca que el desierto de Nevada.

–Agua, cerveza y dos números tres. Marchando –la camarera se marchó y Sophia miró a los dos hermanos, sentados frente a ella. Eran muy parecidos, salvo por el color de los ojos y el cabello. Luke tenía los mismos ojos azules que su madre y el pelo rojizo, mientras que Logan lo tenía castaño oscuro. Pero no podrían ser más distintos en cuanto a la forma de ser.

–La cerveza te habría saciado la sed mejor que el agua –le comentó Luke.

–Yo no bebo.

–¿Nunca? –preguntó, sorprendido–. Lo siento. No lo sabía.

–No podías saberlo –repuso ella–. Mi padre era alcohólico y una forma de rebelarme fue no probar nunca la bebida.

No se sentía obligada a dar una explicación, pero la historia de su padre le recordaba la fragilidad del ser humano, y quería que Logan supiera que su vida no había sido un camino de rosas. Su padre las había abandonado cuando ella solo tenía tres años, y Sophia, por más que lo intentaba, nunca había podido encontrar un motivo racional para lo que hizo. El idilio de Alberto Montrose con la bebida acabó destruyéndolo. Lo último que Sophia supo de él, hacía diez años, fue que lo habían visto vagando por las calles de San Francisco, sin trabajo, dinero ni casa. La bebida fue su única mujer, su única hija, su amor, adicción y ruina.

–No me digas más –le dijo Luke en tono compasivo–. Además, el agua está infravalorada.

–Sí, no se puede vivir sin ella –corroboró Ward.

Logan se rio y tomó un sorbo de cerveza mientras miraba a Sophia como si fuera un bicho raro.

–Que se lo digan a tu estómago dentro de unos minutos...

–Tiene razón –afirmó Luke–. Siempre has sido una temeraria, Sophia.

–¿Yo? Mira quién fue a hablar… El que se ha pasado cinco años montando caballos salvajes.

–Seis años –dijeron Ward y Luke a la vez.

–Y solo los montaba durante nueve segundos, cariño.

–Más bien eran cinco segundos en la silla y el resto en el suelo –puntualizó Logan.

–Ni siquiera el rodeo es tan peligroso como el número tres.

Sophia hizo una mueca y sacudió la cabeza.

–Gracias a los tres por vuestro aviso. Os prometo que iré con cuidado.

Se echó el pelo sobre el hombro y se acomodó en el asiento. Logan observó sus movimientos, sus ojos se encontraron y una chispa de deseo le brotó en el vientre a Sophia. Por un instante fugaz creyó atisbar un destello de admiración en su mirada por lo que ella se disponía a hacer, lo cual no le parecía tan admirable. Solo iba a tomarse un cuenco de chile, por amor de Dios.

Y en aquel momento, por mucho que odiara admitirlo, vio a Logan de una forma diferente. Como alguien con quien podría compartir algo más que un chile picante, alguien con quien le gustara estar y que pudiera llenar el vacío que amenazaba con engullirla y que nadie, ni siquiera un hombre tan maravilloso como Luke, podía colmar.

Una llamada al móvil de Ward la devolvió a la realidad. Respiró profundamente y se recordó que Logan la odiaba.

Ward mantuvo una breve conversación por el móvil y volvió a guardárselo en el bolsillo.

–Mi hijo necesita ayuda en el rancho. Skylar está a punto de parir y Hunter teme que vaya a ser un parto difícil. Es tu yegua favorita, Luke. ¿Vienes conmigo?

–Sí, será mejor que vaya a verla –se levantó al mismo tiempo que Ward–. Lo siento, Soph, tengo que irme. La última vez que parió estuvimos a punto de perderla.

–No te preocupes –dijo ella, agarrando su bolso–. Voy con vosotros.

–No, quédate y disfruta de tu cena. Sé que tienes mucha hambre.

–Pero… –miró a Logan, cuya expresión era inescrutable.

–Maldita sea, mujer –espetó él–. No muerdo. Te llevaré a casa después de que te hayas acabado el número tres.

–Pero...

–¿Otra vez te estás rajando?

–¡No!

–Entonces no hay más que hablar –sentenció

Logan, antes de volverse hacia su hermano–. Marchaos, y preocúpate tan solo de salvar a Skylar y al potro.

–Cuidado con lo que haces –le advirtió Luke.

–Lárgate de una vez.

–Logan...

–Que sí, maldita sea. Te doy mi palabra.

Luke asintió, satisfecho, y salió con Ward del restaurante. Y Sophia se encontró a solas con Logan Slade.

–¿Crees que la yegua estará bien? –le preguntó ella al cabo de un largo silencio.

Logan soltó una prolongada espiración. Le había prometido a Luke que sería amable y cumpliría con su palabra, pero era difícil conservar la serenidad en compañía de una mujer cuyas exuberantes curvas atraían las miradas de todo el local.

–No lo sé. Los partos pueden ser muy complicados, pero Skylar es fuerte y no hay nadie mejor que Luke para ayudarla.

–He oído que Luke sabe mucho de caballos.

–Y así es –afirmó Logan en tono despreocupado. Si Sophia quería alabar a su hermano, él no se lo impediría. Aunque no le gustara mucho que lo hiciera.

La relación de su hermano con Sophia siempre lo había irritado. Logan era el mayor de los tres chicos, siendo Justin el más joven, y siempre había estado muy unido a Luke hasta que este se hizo amigo de Sophia y se sintió como si lo hubieran dejado al margen. Las mujeres Montrose habían conseguido socavar la inquebrantable lealtad de la familia Slade, y ni Luke ni su padre se habían dado cuenta de nada.

Shelby volvió con una bandeja y colocó el cuenco de chile delante de Sophia. El olor del pimiento, la cebolla y el cilantro llegó hasta Logan. Sophia se tomó su tiempo para desdoblar la servilleta y colocársela en el regazo.

–Huele muy bien.

–Por eso estamos aquí.

Al decir «estamos» se le aceleró el pulso y la cabeza se le llenó de imágenes de ellos dos haciendo algo muy diferente. Para cualquiera que los mirase podría parecer que eran una pareja. Eso jamás, pensó Logan, pero no podía apartar los ojos de ella.

Sophia hundió la cuchara en el cuenco y la levantó llena de chile y con el queso chorreando por los lados. El humo se elevó medio metro y se desvaneció en el aire. Sophia sopló ligeramente para enfriarlo un poco, formando una pequeña O con los labios, y a Logan se le hizo un nudo en la garganta mientras esperaba con todo el cuerpo en tensión a que Sophia se llevara a la boca el primer bocado de chile. Nunca había asociado el chile con el sexo, pero en estos momentos no podía pensar en otra cosa. La imagen de Sophia tragando y levantando la mirada hacia él, satisfecha y triunfante, le provocó una reacción sexual desconocida hasta entonces. Sin poder evitarlo, sonrió como un estúpido.

–Pan comido –dijo ella, devolviéndole la sonrisa.

Logan agradeció que la parte inferior de su anatomía estuviese oculta por la mesa.

–Fuiste muy amable ayer al pedirle a Hunter que me ayudara –le dijo mientras removía el chile con la cuchara de acero inoxidable.

–¿Quién te ha dicho que se lo pedí?

–¿No lo hiciste?

–Tal vez.

–Me sorprendió que lo hicieras, ya que no te ofreciste a echarme una mano.

–¿Esperabas que te ayudase?

–Esperaba que te comportases como un caballero. No quería empezar en el rancho Sunset con recelos.

Logan ignoró el último comentario. No estaba de humor para discutir.

–No soy el comité de bienvenida. Tengo un rancho del que ocuparme. Hunter te ayudó, ¿no basta con eso?

–Sí, supongo. Lo que me molestó fue que me mintieras sobre Ruth Polanski. Eso fue un golpe bajo, Logan, incluso viniendo de ti.

Logan se frotó la mandíbula. Él nunca jugaba sucio y no se sentía orgulloso por lo que había hecho, pero no estaba preparado para disculparse.

–Debió de ser una agradable sorpresa descubrir que no tenías que despedirla.

–Estuve preocupada por el asunto toda la noche.

–Seguro que dormiste bien...

Sophia meneó la cabeza y su larga melena ondulada le acarició el hombro.

–Tienes que dejar atrás el pasado, Logan. Serás más feliz cuando lo hagas.

–¿Qué te hace pensar que no soy feliz? Aquí estoy, viendo cómo finges que el chile no te abrasa el estómago. Admítelo, Sophia. Te está quemando por dentro.

Ella se puso una mano bajo los pechos, extendió los dedos sobre el estómago y soltó una carcajada.

–Te encantaría que así fuera, ¿eh?

–¿No vas a admitirlo?

–Es más divertido dejarte con la duda. ¿Cuándo fue la última vez que te divertiste, Logan?

–¿Y a ti qué te importa?

–¿Tanto tiempo? –preguntó ella mientras se llevaba otra cucharada a la boca.

Se estaba riendo de él, y lo peor era que él también estaba disfrutando. Aquella mujer era todo un desafío.

–Olvidas quién tiene que llevarte a casa...

–Oh, no, no. Te aseguro que no lo olvido –replicó ella, y sus ojos ambarinos despidieron tanto calor que a Logan se le quemaron las entrañas.

Apuró rápidamente los restos de su cerveza.

Sophia, en cambio, aún no había tocado el vaso de agua.

Sophia se acomodó en el asiento de la camioneta negra de Logan. Se abrochó el cinturón y miró por la ventanilla mientras salían del aparcamiento del restaurante y enfilaban la carretera. Hacía rato que había oscurecido, y las luces del pueblo que dejaban atrás brillaban como pequeños diamantes en el espejo retrovisor.

Logan conducía con una mano sobre el volante. Por los altavoces sonaba suavemente la música country y el silencio entre ambos no resultaba incómodo. Habían agotado la conversación en el restaurante y a Sophia no se le ocurría nada que decir que no tuviera que ver con el trabajo.

Logan estaba acostumbrado a un estilo de vida lleno de lujos y comodidades, a pesar de vivir en un rancho. Todo en él, desde el clásico sombrero Stetson a sus carísimas botas de piel, rezumaba clase y fortuna. A Sophia no se le había pasado por alto la propina de cien dólares que le había dejado a la camarera. El dinero le sobraba. Pero en muchos aspectos la vida que Sophia había tenido con su madre había sido mucho más rica y valiosa.

Al casarse probó por vez primera la buena vida. Muchos creían que se había casado con el viejo por su dinero, pero a su madre la convenció de que lo hacía por amor. Ninguna de las dos cosas era exactamente cierta.

Una dolorosa punzada le retorció el estómago. Ahogó un gemido y mantuvo las manos quietas para no frotarse la barriga. El dolor pasó y Sophia soltó el aire atascado en la garganta. No le pasaba nada. Había digerido el chile sin problemas y...

Otro retortijón, y esa vez se propagó hacia las

costillas. Sophia gimió de dolor lo más silenciosamente que pudo y miró de reojo a Logan, quien parecía concentrado en la música y en la carretera.

El siguiente pinchazo casi la hizo retorcerse en el asiento. Agarró el bolso para ponérselo sobre el estómago y deslizó mano bajo el mismo para hundir los dedos en la carne e intentar aliviar las fuertes molestias.

Fue inútil. El dolor la hizo doblarse hacia delante y aferrarse el estómago con las dos manos. Empezó a sudar copiosamente y se le escapó un gemido.

–¿Al fin te ha hecho efecto?

Ella se mordió el labio y asintió.

–¿Es muy fuerte?

Volvió a asentir. El sudor le resbalaba por el cuello y le mojaba el pelo.

–Aguanta. Enseguida llegamos.

Pisó el acelerador para lanzarse a una solitaria carretera por la autopista. Minutos después llegaron a las puertas del rancho Sunset.

–¿A tu casa o a la mía?

–A la mía –necesitaba rodearse de un entorno familiar, aunque fuera algo nuevo.

Poco después estaban deteniéndose frente a la casita de campo, y Sophia le dio gracias al Cielo por estar finalmente en casa. Logan frenó en seco, se bajó y rodeó el vehículo para abrirle la puerta. Sophia volvía a estar doblada y apretándose la barriga, intentando en vano aliviar el dolor.

–Voy a llevarte en brazos.

Antes de que ella pudiera protestar, él le desabrochó el cinturón y le separó los brazos de la barriga.

–No es necesario que me lleves –susurró, pero sus palabras cayeron en saco roto. Logan la levantó del asiento, con una mano bajo sus rodillas y la otra en los hombros. Por si la humillación no fuera bastante, el vestido se le deslizó sobre los muslos y él le miró descaradamente las piernas mientras la sacaba de la camioneta y cerraba la puerta con la cadera.

Mientras caminaba hacia la puerta, Sophia se aferró a su cuello y se rindió al poder y la fuerza de sus brazos. Acurrucada contra su torso, se sentía segura y protegida, aunque sabía que no debía bajar la guardia con él. Al llegar al porche él la dejó en el suelo y sacó unas llaves del bolsillo. Introdujo una en la cerradura, abrió con el pie y volvió a levantar a Sophia.

La luz de la luna entró lo suficiente en el interior para iluminar el camino. Logan se movía por la casa con la sigilosa elegancia de un gato. Encontró el sofá con facilidad y la sentó con cuidado. Con los brazos aún rodeándole el cuello y sus rostros a escasos centímetros de distancia, sus miradas se encontraron en la penumbra. Los ojos de Logan despedían llamas abrasadoras, y Sophia recordó el maravilloso beso que habían compartido muchos años atrás. El estómago dejó de dolerle por unos segundos, atrapada en aquellos instantes de promesa y pasión contenida. Pero Logan volvió a colocarse su máscara de hielo y se zafó de sus brazos para erguirse en toda su estatura.

–Enseguida vuelvo.

Sophia apoyó la cabeza en el brazo del sofá y escuchó sus pasos en dirección a la camioneta. Al volver, encendió una lámpara, le agarró la mano y le puso dos aspirinas en la palma.

–Te sentarán bien –le dijo con voz áspera.

Se arrodilló junto al sofá y le levantó con cuidado la cabeza para acercarle una botella rosa a los labios.

Sophia negó con la cabeza. No era prudente mezclar medicamentos.

–Confía en mi –insistió él–. He pasado muchas veces por esto… ¿Por qué crees que llevo esas cosas en la camioneta?

Ella cerró los ojos. No entendía por qué quería ayudarla. Logan la detestaba y solo quería perderla de vista. ¿Cómo podía confiar en él?

Otra punzada le hizo soltar una exclamación de dolor. Logan, con la mano aún en sus cabellos, le levantó un poco más la cabeza.

–Vamos, Sophia, bebe.

A ella no le quedó más remedio que ceder y estiró el cuello para sorber de la botella.

–Eso es –dijo él–. Te hará efecto dentro de unos minutos.

Ella volvió a bajar la cabeza tras tragarse el asqueroso líquido.

–No tienes por qué quedarte –murmuró, pero él ignoró su comentario y fue a la cocina. Al pensar en comida se le volvió a revolver el estómago y cerró los ojos para combatir las náuseas.

Los abrió de nuevo al sentir algo caliente sobre la barriga. El trapo calentado era como un cataplasma y el efecto combinado del calor y los medicamentos no tardó en aliviar las molestias.

–¿Por qué me ayudas? –le preguntó a Logan.

–No conoces mi vena compasiva.

–¿Acaso la tienes?

–No me gusta pisotear a quien se ha caído.

–¿Quieres decir que prefieres estar en igualdad de condiciones para rematarme?

–Nunca he dicho que quiera rematarte, Soph.

De repente lo comprendió.

–Lo haces por Luke, ¿verdad? Le prometiste que me traerías a casa sana y salva y eres un hombre de palabra.

–Tienes un manera muy peculiar de dar las gracias...

La frustración y el desconcierto se apoderaron de Sophia. Con Logan nunca sabía a qué atenerse.

–¿Cómo te gustaría que te diera las gracias?

Él la recorrió lentamente con la mirada.

–Necesitas darte un baño... Déjame que te lo dé yo y estaremos en paz.

La idea de bañarse con Logan le provocó otra clase de agitación en el estómago. Un torrente de imágenes eróticas inundó su cabeza, pero Logan Slade no merecía ser el protagonista de sus tórridas fantasías.

Entonces la asaltó otro pensamiento, un inquietante recuerdo que nada tenía que ver con Logan. Su parte racional le decía que no debía tener miedo, pero las imágenes de Las Vegas no dejaban de acosarla.

Se vio a sí misma sentada en el camerino, frente al espejo, antes de salir al escenario. Descubriendo la nota bajo el neceser y sintiendo un terror glacial al leerla.

«Eres preciosa, Sophia, y algún día serás mía».

Había recibido cinco notas similares, y lo que más le asustaba era que su anónimo autor parecía saber mucho de ella. Se encontraba los sobres con su nombre escrito en el parabrisas del coche o en la recepción del motel donde trabajaba su madre. El mensaje no era amenazador y por tanto no fue a la policía ni le dijo nada a su madre, pero en más de una ocasión se asustó al sentir que alguien la observaba.

Al cabo de un tiempo comenzó a fijarse en los rostros de los hombres que acudían a sus actuaciones y a preguntarse si alguno de ellos sería su admirador secreto.

–¿Estás pensando en ello? –le preguntó Logan.

Sophia devolvió la atención al hombre que la había rescatado aquella noche y que le había sugerido que se bañaran juntos. Obviamente estaba bromeando y sabía cuál sería su respuesta, pero ¿cuál sería su reacción si ella aceptara su propuesta?

Pero para Sophia ya habían acabado los juegos esa noche. Tenía que lidiar con los malos recuerdos y un estómago revuelto. Logan había sido muy amable y a ella le había encantado estar en sus brazos.

–Deberías irte ya.

Él la miró y respiró profundamente, como si hubiera hablado en serio al sugerirle el baño.

–Sí, eso mismo estaba pensando.

–Gra-gracias por traerme –balbució ella–. Y por… ayudarme.

Él se limitó a asentir bruscamente, se levantó en silencio y ella giró la cabeza para no ver cómo se alejaba. No hubo ni una palabra de despedida, ni un deseo para que se recuperase pronto, ni un ofrecimiento de ayuda… Logan seguía siendo el mismo y volvería a engañarla si ella se lo permitía.

La puerta se abrió y se cerró.

Y solo entonces Sophia se dio cuenta de que Logan Slade tenía una llave de la casa.

Podría presentarse allí en cualquier momento...

Capítulo Cuatro

Constance Brandford, la cocinera, le ofreció a Sophia una magdalena de limón y fresa, sentadas las dos en la gran mesa de roble, el único mueble viejo en la reformada e impecable cocina.

–Oh, no, gracias, Constance –la abuela de Edward, a quien había conocido brevemente el día anterior con Ruth, retiró la cesta y Sophia se apresuró a darle una explicación para no ofenderla–: Anoche probé por vez primera el chile de Kickin', y mi estómago aún está delicado.

–Eso no es comida –criticó Constance, chasqueando con la lengua–. No sé por qué los hombres van siempre a ese lugar. Edward no deja de suplicarme que le permita comer allí, pero es demasiado joven para eso.

Sophia sonrió.

–Parece que yo tampoco estoy hecha para esos platos. Debería limitarme a la comida del rancho –observó la amplia variedad de pasteles, galletas y magdalenas listos para ser servidos. Tras ellos, dos chefs cortaban verduras y preparaban la masa.

Recordó el incidente con Blackie y comprobó con agrado que Edward había seguido su consejo. En el centro de la mesa había un jarrón con flores.

–Tu nieto es un gran chico.

–Es un pequeño diablo de diez años, pero sí, es muy bueno. Lo ha pasado muy mal sin sus padres.

–Yo también sé lo que es perder a un padre. Nunca es fácil, pero para un niño...

–Los padres de Edward no han muerto –corrigió Constance–. Mi hijo y su mujer son drogadictos y me dejaron a mí al niño.

–Cuánto lo siento... –Sophia también sabía lo que era tener a un padre adicto, pero ella al menos había tenido el cariño y el consuelo de una madre.

–Lo mejor que hicieron fue cederme la custodia legal sin poner problemas. Sabían que Edward estaría mejor conmigo, y hago lo que puedo para ofrecerle un hogar estable.

–El rancho Sunset es el mejor hogar que podría tener. Yo crecí aquí y fui muy feliz.

–Estoy de acuerdo. Y Logan ha sido muy bueno con Edward al encargarle algunas tareas para que se sienta útil, como por ejemplo ocuparse de Blackie.

¿Otra vez Logan? ¿Por qué todo el mundo lo veía como a un santo?

Constance le echó un vistazo a su reloj.

–Volverá de un momento a otro. Los días de colegio se levanta muy temprano para dar de comer a Blackie y sacarlo a pasear.

–¿Qué tal si repasamos los menús del mes antes de que llegue?

Diez minutos más tarde, tras una conversación muy productiva con Constance y un reconfortante café, Edward entró en la cocina con una mochila y una tímida sonrisa.

–¿Ya has paseado a Blackie? –le preguntó su abuela.

El niño asintió y miró avergonzado a Sophia. Ella le sonrió para asegurarle que su pequeño secreto estaba a salvo.

–¿Tienes el almuerzo en la mochila? –le preguntó Constance.

Él volvió a asentir.

–Pues en marcha. No vayas a perder el autobús –lo agarró de la mano y lo acompañó a la puerta, donde se dieron un beso y un abrazo–. Que tengas un buen día, cariño.

Antes de salir, Edward se volvió hacia Sophia y le dedicó una amplia sonrisa.

–A-adiós.

–Hasta luego, Edward –respondió ella, conmovida por la atención del niño.

Acabado el café y los asuntos de trabajo con Constante, abandonó la cocina para dirigirse a su despacho. Mientras atravesaba el vestíbulo, Luke apareció de repente a su lado.

–Buenos días. ¿Puedo hablar contigo?

–Buenos días, Luke. Iba a llamarte esta mañana. ¿Cómo fue el parto anoche?

–Muy duro, pero tanto Skylar como el potro están bien. Tienes que venir a verla.

–Lo haré. Estarás muy aliviado...

–Desde luego, pero creo que la yegua no lo pasó tan mal como tú, según he oído.

–Vaya… Veo que tu hermano te ha contado mi experiencia con el número tres.

–No debería haberte llevado allí –se lamentó Luke, arrepentido.

–Tranquilo. La culpa es mía por haber asumido un reto de ese calibre. La próxima vez tendré más cuidado.

–¿La próxima vez? Cariño, ¿crees que voy a llevarte a ese sitio otra vez?

–Voy a volver, Luke. Algún día.

Luke se encogió de hombros.

–Menos mal que Logan estaba allí para ayudarte.

–Sí, tu hermano fue mi caballero de reluciente armadura...

Luke se rio, y también lo hizo Sophia. Él la agarró del brazo y la sacó a la terraza, donde miró a ambos lados para cerciorarse de que estaban solos.

–He tenido una idea… Me gustaría celebrar una fiesta de despedida sorpresa para Ruth.

–Me parece una idea estupenda, Luke. Seguro que le encantará.

–Y me gustaría hacerla en casa, en vez de aquí. Para sacarla del ambiente de trabajo. Estaba pensando en el jardín trasero, y a Logan también le parece una buena idea.

–Adelante –lo animó Sophia, aunque sospechaba que iba a pedirle algo más.

–El problema es que no puedo pedirle a Ruth que se encargue de prepararla, lógicamente. Y yo no sé cómo se hacen esas cosas.

–¿Quieres que te ayude? –se adelantó ella.

Luke la miró fijamente y volvió a encogerse de hombros.

–Si fueras tan amable...

–Pues claro –respondió sin dudarlo.

–Genial –dijo él con gran alivio–. No sabes cuánto te lo agradezco. Quiero que esto sea especial para Ruth, y confío más en ti que en la organizadora de eventos que hemos contratado otras veces.

–Lo haré lo mejor que pueda. ¿De cuántos invitados estamos hablando?

–De unos sesenta. Invitaremos a todo el personal, a los clientes más fieles y a la familia de Ruth. Me gustaría que también vinieran sus nietos.

–Muy bien. Me encargaré de ello.

–¿Estás libre esta noche para que repasemos los detalles? Traeré algo de cenar. Nada de especias ni de chile, te lo prometo.

Sophia estaba libre todas las noches. No tenía a nadie con quien salir, aparte de Luke, y preparar una fiesta para Ruth la ayudaría a conocer mejor a los empleados.

–¿A las siete? –le propuso a Luke.

–Gracias, Soph –le dio un casto beso en la mejilla y le sonrió–. Me has salvado la vida.

A las siete en punto llamaron a la puerta. Sophia había recuperado el apetito a lo largo de la tarde y estaba preparada para compartir una cena ligera con un buen amigo. Había preparado para la mesa para dos y tenía el portátil encendido. Fue descalza hacia la puerta, cómodamente vestida con unos pantalones pirata negros y una camiseta blanca sin mangas atada al costado de la cintura.

Abrió con entusiasmo y su sorpresa fue mayúscula al encontrarse con Logan. Parpadeó unas cuantas veces y sacudió la cabeza.

–Tus ojos no te engañan –dijo él–. No soy tu amigo Luke.

A Sophia le dio un pequeño vuelco el corazón y durante unos instantes se quedó incapaz de reaccionar. ¿Por qué Logan la afectaba tanto? No era nadie especial... o quizá sí lo fuese. Era especial en todo lo que le importaría a la mayoría de las mujeres: atractivo, inteligente, seguro de sí mismo, atento con todo el mundo salvo con ella...

–¿Qué haces aquí? –no era un saludo especialmente cordial, pero no estaba preparada para enfrentarse a él.

–Ha habido un accidente: Luke está en el hospital.

Sophia ahogó un grito de espanto y se llevó la mano al pecho.

–Dios mío. ¿Qué ha pasado?

–Un semental se desbocó esta tarde en el establo. Luke cayó al suelo al intentar sujetarlo y el caballo le ha pasado por encima.

–¡Oh, no! ¿Cómo está?

–Se ha roto un brazo y tres costillas y ha sufrido una conmoción.

–¿Dónde está?

–En el Carson City Memorial.

–¿Puedo verlo?

–No. He estado con él toda la tarde, pero los médicos me han enviado a casa y no puede recibir visitas. Estará en observación toda la noche. Con un poco de suerte le darán el alta mañana o pasado, aunque tendrá que permanecer en cama una temporada.

Sophia se percató de que seguía manteniendo a Logan en el porche y se apartó para permitirle el paso. Le habría gustado que Logan la llamara desde el hospital, pero era inútil esperar nada de él.

–Me siento mal por Luke. No se merece esto.

–Ha sido muy extraño. Trib es un caballo difícil, pero Luke nunca había sido tan imprudente… Hasta ahora.

–¿Se pondrá bien? –contuvo las lagrimas y se dijo a sí misma que Luke era un hombre fuerte y que se recuperaría muy pronto de sus lesiones. La insinuación de Logan culpándola del accidente no suponía ninguna sorpresa, y una parte de ella se preguntaba si no sería cierto. Luke y ella volvían a ser amigos y él acababa en el hospital… Aunque solo fuera una coincidencia, se sentía culpable.

–Sí, no le quedará ninguna secuela.

–Me alegro –declaró, sin poder ocultar su afecto por Luke.

Logan la miró con ojos entornados y torció el gesto, pero no dijo nada y entró en la cocina, donde se puso a vaciar la bolsa que llevaba en la encimera.

–¿Qué es eso?

–Nuestra cena.

Hasta un idiota podría ver y oler la comida, pero lo último que Sophia se esperaba era que Logan le llevase la cena.

–No pongas esa cara. Luke me ha hecho prometer que te traería la cena y que prepararía contigo la fiesta de Ruth.

Sophia se quedó sin palabras y sin aliento.

–Y no solo eso –continuó él–. Tú y yo vamos a tener que ocuparnos del hotel. Luke estará de baja bastante tiempo.

Ella caminó hasta la encimera y miró la pasta primavera, la ensalada y el crujiente pan italiano.

–¿Quieres decir que vamos a tener que trabajar juntos de ahora en adelante?

Logan asintió. La perspectiva no parecía hacerle mucha gracia.

–¿Te ha hecho prometer que serás educado conmigo? –insistió ella.

–No voy a discutir con mi hermano si está postrado en la cama.

–Bueno… si no me gastas más bromas como la de Ruth Polanski, creo que podríamos hacer un buen trabajo.

Logan esbozó una pícara sonrisa, pero en sus ojos brillaba un destello triunfal.

–¿Trato hecho? –le ofreció ella–. ¿Por el bien de Luke?

–Por el bien de Luke –aceptó él en tono seco y cortante.

Sophia se abstuvo de decirle lo que estaba pensando. No podía olvidar cómo la había engañado con Ruth, y estaba decidida a devolvérsela. Por mucha atracción que pudiera sentir hacia él, iba a demostrarle que no era una presa fácil.

Cenaron tranquilamente en la pequeña sala junto a la cocina, sobre un inmaculado mantel blanco y con flores frescas del prado. Sophia comía con apetito, y cuando se acabó el plato Logan se levantó y le acercó el recipiente para que se sirviera un poco más. Fue un gesto extraño, pero agradable.

Quizá fuera un hombre que necesitaba tenerlo todo controlado. Había ido a verla para contarle lo de Luke en vez de llamarla, y ni siquiera la había avisado de su llegada. Todo lo hacía a su manera.

–Nunca imaginé que estaría cenando en esta cocina contigo –dijo él, como si le hubiera leído la mente.

–Es alucinante. La segunda vez que comemos juntos en dos noches –corroboró ella con una dulce sonrisa.

–No lo convirtamos en una costumbre –recorrió la estancia con la mirada–. No me gusta este lugar.

–Este lugar es fantástico. Soy yo quien no te gusta. Sé sincero.

Logan tomó un sorbo de agua y la observó con recelo.

–Mi hermano te ha besado hoy.

A Sophia le saltaron las alarmas. Se había prometido que se mantendría en guardia con Logan, pero él había vuelvo a dejar caer otra bomba.

—¿Te lo ha dicho él?

Logan le miró brevemente los labios.

—Esta mañana estaba en el hotel.

—De modo que viste a Luke darme un beso inocente, ¿y qué?

—Puede que nada de ti me parezca inocente...

A Sophia empezó a dolerle el estómago, pero no precisamente por la comida. Maldito fuera Logan por provocarle más revuelo.

—¿Y por qué?

—De tal palo, tal astilla.

—¿Ahora soy un estereotipo para ti, Logan? Ya te he dicho que para mí es un halago que me compares con mi madre. Era una mujer maravillosa. Ojalá pudiera parecerme más a ella.

—Sí, bueno, yo también quería parecerme a mi padre. Pero la adoración ciega no sirve para nada. Tarde o temprano descubres que no conoces en realidad a esa persona.

No tenía sentido discutir con él. Sophia no quería pasarse el tiempo defendiéndose a ella o a su madre. Nada de lo que pudiera decir o hacer haría cambiar a Logan de opinión.

—Lo siento, Logan. Debió de ser un golpe muy duro para ti descubrir que tu padre no era perfecto. Casi nadie lo es...

Se levantó y rodeó la mesa para retirarle el plato. Le rozó el hombro y sus largos mechones cayeron sobre su regazo al acercar el rostro al suyo. Logan olía a tierra, cuero y almizcle, y a Sophia se le aceleró la respiración al encontrarse sus ojos. Era un hombre sexy y atractivo que la odiaba, pero en aquellos momentos vio un brillo de deseo en su mirada. Estaba tan cerca de él que acabaría en su regazo si tropezase. Lejos de parecerle divertida, la imagen avivó las llamas que prendían.

—Recogeré todo esto y nos pondremos a trabajar —le dijo en voz baja, acariciándole los labios con su aliento—. Así no tendrás que quedarte más tiempo del necesario.

Él la miró fijamente y le tocó la franja de piel que quedaba al descubierto en la cintura. A Sophia se le hizo un nudo en la garganta y se le agudizaron los sentidos mientras él extendía los dedos sobre el bajo de la camiseta. La sensación era mágica, deliciosa, y Sophia no se movió ni intentó apartarse cuando le acarició el vientre. Cerró los ojos, estremeciéndose de placer. Entre ellos existía una conexión especial, primaria, que desafiaba la lógica.

Él tiró de ella hasta sentarla en su regazo. Sophia sintió la fuerza de sus muslos bajo ella y el poder de la mano que la sujetaba, mientras la otra seguía provocándole hormigueos por todo el cuerpo.

Sabía que no debería permitirlo. No podía cederle otra vez el control a Logan, pero no podía hacer nada por detenerlo. Ansiaba el calor y la emoción de sus caricias. Él consiguió aflojar el nudo de la camiseta y ella esperó, desbordada por un deseo incontenible. La mano de Logan se deslizó bajo la camiseta y fue subiendo centímetro a centímetro por el torso. Los pezones se le endurecieron y la entrepierna le palpitaba furiosamente. Era algo exquisito y sensual. Hacía años que no sentía lo mismo con un hombre. Su mente se rebelaba contra las libertades que Logan se estaba tomando, pero su cuerpo se entregaba sin condiciones.

Se arqueó hacia atrás y se meneó ligeramente en el regazo de Logan. Él le bajó el sujetador y sus pechos quedaron expuestos, turgentes y ultrasensibles, esperando el contacto. Y cuando llegó le hizo dar un respingo y se le escapó un gemido, apretando los muslos cuando él le frotó el pezón con el pulgar.

El placer era increíble, pero Sophia tenía que detenerlo. No quería rendirse a Logan. No podía sucumbir a lo que ambos anhelaban. Si lo hacía, Logan lo aprovecharía en su contra y le haría la vida imposible. No confiaba en él, y no lo había perdonado por el daño que le había hecho años atrás.

Le puso las manos en la cara y se inclinó hacia él, pero cuando él intentó besarla ella se echó hacia atrás. Tenía que dejarle claro que era ella quien decidía.

Esperó, y cuando él no hizo nada, volvió a acercarse y lo besó en los labios. Al principio solo fue un ligero roce, pero cuando alargó el momento volvió a sentirse como si tuviera quince años. Sus bocas se amoldaron a la perfección, igual que entonces, pero en esa ocasión era ella la que iniciaba el beso. Aumentó la presión y sintió que todo daba vueltas a su alrededor. Logan le soltó el pecho para rodearle la cintura con el brazo y apretarla fuertemente contra su pecho, pero Sophia no cedió el control y le introdujo la lengua en la boca para saborearlo y explorarlo a fondo. Sus lenguas se entrelazaron en un baile frenético.

Estaba encantada de que Logan no intentara llevar la iniciativa, pero no podía dejar que la situación se le escapara de las manos. Era difícil resistirse al deseo que Logan le provocaba. Desde el día en que la besó detrás del gimnasio había soñado con él y al mismo tiempo lo había odiado por corromper el recuerdo más hermoso de su vida. No había nadie que la excitara y sacara de quicio como él.

Valiéndose de toda su fuerza de voluntad, consiguió retirarse lentamente hasta que sus labios se despegaron. La expresión de Logan cambió al instante y el deseo que lo cautivaba dio paso a la determinación. La apretó contra el pecho, empujó la silla hacia atrás y se levantó, tirando de ella. Un destello de lujuria ardió en sus ojos. Estaba dispuesto a poseerla en aquel momento y lugar.

–No, Logan –por más que le costara, no podía darle a Logan lo que él quería. Lo que ambos querían. Le puso las manos en el pecho y empujó, pero él no se movió y ella tuvo que dar un paso atrás–. No vamos a hacerlo. No podemos.

Los ojos de Logan volvieron a arder, pero de furia.

Sophia se dio cuenta, demasiado tarde, de que había jugado con fuego. Había sido una estupidez. Tenía que mantenerse firme. Era la única forma de protegerse.

–A ver si lo adivino –dijo él–. ¿Es una especie de venganza por lo del instituto y por lo de Ruth Polanski?

Ella cerró los ojos y no le respondió. Le había salido el tiro por la culata.

–Dos hermanos en un mismo día… –continuó él–. ¿Es tu nuevo estilo?

–Luke me besó como un amigo –replicó ella–. Para agradecerme que lo ayudara con la fiesta de Ruth. Solo fue un beso en la mejilla.

Logan frunció el ceño.

–¿Y a mí por qué me has besado? ¿Para demostrar algo? ¿Para desquitarte por una estupidez que cometí siendo un crío?

Era la primera vez que oía a Logan referirse al beso como si se arrepintiera del mismo.

–Sí, así es, Logan. Necesitabas probar tu propia medicina y que alguien te bajara los humos. No te gusta que se cambien los roles, ¿verdad? No te gusta ser tú la victima del engaño.

Él respiró profundamente.

–Cariño, si crees que la víctima he sido yo, deberías mirarte al espejo… Has disfrutado tanto o más que yo.

Temblando, Sophia se ató la camiseta y se pasó la mano por los alborotados cabellos.

–Es cierto.

Su honestidad sorprendió a Logan, quien pareció debatirse entre dos opciones: o volver a estrecharla en sus brazos para acabar lo que habían empezado o marcharse.

Los segundos pasaron lentamente.

Sophia lo observó con cautela, sin mover un músculo. Su admisión había sido ridícula, pero era la verdad.

–Necesito un poco de aire –dijo él finalmente. Agarró su sombrero, se lo caló y se dirigió hacia la puerta–. Tenemos que trabajar juntos, Sophia –le dijo por encima del hombro–. Ven mañana por la tarde a mi despacho.

Ella asintió sin decir nada.

Y él se marchó.

Capítulo Cinco

Logan subió el volumen de la radio y enfiló la carretera en dirección al Carson Memorian Hospital. Intentó concentrarse en la canción de Tim Mc-Graw, pero solo podía pensar en Sophia Montrose sentada en su regazo, arqueando la espalda para ofrecerle su cuerpo. El tacto de sus labios de terciopelo, la dureza de su carne, las curvas de sus increíbles pechos...

La noche anterior, tras abandonar la casa, había intentado ahogar las imágenes con una botella de Jack Daniels. Pero era una batalla que debía librar por sí solo. No quería sucumbir a Sophia Montrose, por muy hermosa y deseable que fuera. La ciega obsesión de su padre por una Montrose casi había destruido a su familia.

En el instituto quiso darle una lección a Sophia para ponerla en su sitio. Por eso la había besado, sin sospechar que sería él quien acabara recibiendo una lección. Aquel beso lo había sorprendido y excitado de una manera increíble. Sophia lo había hecho sentirse como si pudiera conquistar el mundo. Y la noche anterior había vuelto a sentir lo mismo...

Llegó al hospital y dejó la camioneta en el aparcamiento. Confiaba en que una visita a su hermano lo ayudara a despejarse. Luke se recuperaría de sus lesiones, pero sería inaguantable mientras tuviera que guardar reposo.

Subió en el ascensor al tercer piso y caminó velozmente hasta la habitación de su hermano. Antes de entrar se detuvo junto a la puerta para mirar desde fuera.

Luke estaba sonriendo y parecía mucho más animado que el día anterior. A Logan lo alivió verlo así, hasta que advirtió que no estaba solo. Tenía un motivo para estar tan contento.

Sophia estaba allí.

Ella también le sonreía a Luke y parecía tener ojos solo para ella, mientras se acercaba a la cama con un ramo de flores. Se detuvo junto a él y le apartó un mechón de la frente. Su risa flotó en el aire como una suave y dulce melodía.

A Logan se le escapó una maldición en voz alta y los dos giraron la cabeza hacia él.

–Logan… –dijo su hermano con voz débil y una sonrisa fugaz–. Pasa.

Él entró y Sophia se puso a colocar las flores en una jarra de plástico.

–¿Cómo estás? –preguntó Logan.

–Bastante bien, dadas las circunstancias.

–¿Estás mareado? El médico dijo que podrías estarlo durante unos días.

–Ya no mucho. ¿Puedes sacarme de aquí?

–¿El médico no va a darte aún el alta?

–Eso ha dicho. Pensé que a lo mejor tú podrías mover unos cuantos hilos… –cerró los ojos, agotado por el esfuerzo que le suponía hablar. Aún no estaba listo para irse a casa, y conociendo a Luke era mejor que se quedara en el hospital. En casa sería imposible que guardara reposo.

Sophia miró a Luke con una expresión de tristeza y compasión en sus preciosos ojos ambarinos. Era realmente hermosa, y tan peligrosa para los Slade como un fruto envenenado. Logan no creía que hubiese ido al hospital porque le preocupara su hermano. No confiaba en ella, y no solo por lo que le había hecho su madre. Ella misma se había casado con un viejo por dinero.

Ella le tocó el brazo a Luke y él volvió a abrir los ojos.

–Será mejor que me vaya.… Tienes que descansar.

–Me alegra que hayas venido, y gracias por las flores.

Ella le sonrió y le dio un beso en la mejilla. Agarró el bolso y le echó una rápida mirada a Logan de camino a la puerta.

–¿Qué pasa entre vosotros dos? –preguntó Luke, volviendo a cerrar los ojos.

Logan arrimó una silla a la cama y se sentó.

–No pasa nada. ¿Por qué lo dices?

–Estoy herido, no ciego. Parece que los dos os sintáis… culpables por algo.

–Apenas me he fijado en ella.

–A eso me refiero. Es imposible no fijarse en Sophia. ¿Habéis tenido otra pelea?

Más bien todo lo contrario, pensó Logan.

–No.

Luke respiró profunda y dificultosamente. Las costillas debían de dolerle horrores. Logan se había roto una costilla de niño, al caer de un árbol, y recordaba lo que costaba respirar.

–¿Estáis trabajando bien juntos?

–Sí, sí. Hoy vamos a ocuparnos de la fiesta de Ruth.

–No seas muy duro con ella, ¿de acuerdo?

Menos mal que Luke tenía los ojos cerrados y no podía ver la mueca de Logan.

–Claro. Tú preocúpate de descansar y nada más. Vendré a verte más tarde.

Luke asintió lentamente.

–Mañana me voy a casa, diga lo que diga el médico.

Logan sabía que hablaba en serio.

Sophia se pasó la mañana preparando con Ruth los próximos eventos que tendrían lugar en el hotel. La barbacoa del Día de los Caídos marcaba el comienzo de la temporada veraniega, y luego había una boda la primera semana de junio. Sophia tomó un montón de notas, revisó los libros de contabilidad y leyó los cuestionarios de los clientes para ver qué podían mejorar. Hizo su ronda diaria por el hotel, pasó revista al personal y luego fue a los establos. Uno de los servicios que se ofrecían eran paseos a caballo por la finca.

Al acercarse al establo, Hunter Halliday rodeó la

esquina y a punto estuvo de chocar con ella. Sophia se echó instintivamente hacia atrás, se le cayó el portafolios y habría perdido el equilibrio si Hunter no la hubiese agarrado a tiempo.

–Lo siento, señorita Sophia. No la he visto.

A sus diecisiete años era alto y fuerte como un roble, y Sophia tuvo que alzar la vista para mirarlo a los ojos. Estaba rojo como un tomate.

–Tranquilo. Yo tampoco te he visto –se agachó para recoger el portafolios, pues Hunter se había quedado demasiado aturdido–. ¿Está tu padre aquí? Tengo que hablarle de un asunto.

–No. Hoy está en el rancho.

–Quizá puedas ayudarme tú. ¿Te importa echarle un vistazo a este programa y darme tu opinión sobre los cambios que he hecho? –le tendió el portafolios.

–Por supuesto –respondió él, aliviado porque ella le hablara de trabajo.

–No hay prisa. Puedes traérmelo a la oficina mañana por la mañana.

–Lo haré.

–Gracias. Ah, y Hunter… buena parada. Habría dado con mi trasero en el suelo si no me hubieras agarrado.

Hunter sonrió tímidamente.

–No permitiría que eso ocurriera.

Sophia se alejó del establo, pensando que Ward Halliday había hecho un buen trabajo al educar a su hijo.

Se animó aún más al ver a Edward en el jardín,

con Blackie pisándole los talones. El niño arrojó una pelota a lo lejos y el perro salió disparado.

–Hola, Edward.

–Hola.

–¿No tienes colegio hoy?

–Es el-el Día del Pa-Padre.

Sophia se compadeció de él. Al menos tenía a su abuela, quien le daba todo el cariño y atención posibles.

–Es decir, el día de los niños.

Edward sonrió y volvió a arrojar la pelota para que un impaciente Blackie volviera a perseguirla.

–Es-estoy ju-jugando con Blackie y lu-luego iré de ex-excursión con el se-señor Slade.

Sophia se alegraba por la compasión que mostraba Logan hacia el niño, pero aquella faceta de él la confundía aún más.

–¿Adónde?

Edward señaló una colina.

–Allí a-arriba.

–¿Y Blackie también irá?

–Sí.

–Suena divertido.

Edward la miró pensativo.

–¿Qui-quiere venir con nosotros?

La invitación sorprendió y conmovió a Sophia.

–Pues...

–La señorita Montrose tiene trabajo que hacer.

Se dio la vuelta al oír la voz de Logan. Le vio revolver afectuosamente el pelo de Edward.

–¿Te lo estás pasando bien en este día sin clase?

73

–Sí, señor.

–Estupendo. Acaba tus tareas. Vendré a buscarte dentro de tres horas y nos iremos de excursión, ¿de acuerdo?

–De acuerdo.

Edward arrojó la pelota hacia el establo y echó a correr velozmente detrás del perro. Al alejarse una docena de metros se giró y se despidió de Sophia con la mano.

Ella le devolvió el gesto y lo siguió con la mirada hasta que entró en el establo.

–Será mejor que vuelva al trabajo.

Al pasar junto a Logan, sin embargo, él la agarró del brazo y le hundió ligeramente los dedos en la carne. El tacto le desató una ola de sensaciones por todo el cuerpo.

–¿Qué?

–Estaré ocupado toda la tarde, y luego tengo que llevar a Edward de excursión. ¿Cuándo podemos hablar de la fiesta de Ruth?

–Tu agenda es más apretada que la mía. Dime cuándo y dónde.

–Mañana por la mañana. Ven a mi despacho a las ocho en punto.

En el despacho de Logan no los interrumpiría nadie. Sophia temía quedarse a solas con él, pero no tenía elección.

–Allí estaré.

Logan la soltó y ella se alejó, pero la marca de sus dedos siguió abrasándole la piel el resto de la jornada.

Eran más de las siete cuando cerró el despacho y abandonó el hotel. Los últimos rayos de sol iluminaban el horizonte y Sophia disfrutó de un hermoso crepúsculo de camino a casa. Pero cuando subió los escalones de la puerta e introdujo la llave en la cerradura, oyó un perturbador crujido a sus espaldas y sintió una presencia. Había alguien en los arbustos. Se giró bruscamente y preguntó en voz alta:

–¿Hay alguien ahí?

Nadie apareció ni se oyó nada más. A la débil luz del ocaso observó el jardín y los alrededores. ¿Se lo habría imaginado? La sensación de que alguien se acercaba por detrás había sido tan fuerte que le provocaba un escalofrío.

Permaneció inmóvil, escuchando, con un nudo en la garganta. No podía dejarse dominar por el pánico. Seguramente había sido el viento...

Pero no soplaba el menor soplo de brisa.

Se sacudió de encima la sensación de *déjà vu* y entró en casa. Cerró con llave y encendió las luces mientras recorría con cautela las habitaciones. Finalmente se convenció de que no había nadie y que estaba a salvo en el rancho Sunset. Había verjas de seguridad y la finca estaba bien protegida. Pero por si acaso durmió con la luz encendida.

A la mañana siguiente, al abrir la puerta, se encontró un papel en el felpudo. Lo agarró con curiosidad y miró a su alrededor en busca de quien pudiera haberle dejado una nota. No vio a nadie y desdobló la hoja. Parpadeó unas cuantas veces y volvió a leerla.

–No… No.

Un temblor le recorrió el cuerpo mientras intentaba encontrarle algún sentido a la nota. Las palabras no eran amenazadoras, no deberían causarle el menor temor. Y sin embargo se le congeló la sangre en las venas. No podía creerse que aquello le estuviera pasando otra vez.

«Eres preciosa».

La noche anterior había sentido la presencia de alguien observándola. Y aquella mañana, mientras se ponía unos pantalones marrones y una blusa sin mangas, se había reprendido a sí misma por ser tan tonta.

–No seas paranoica, Sophia –le dijo a su reflejo–. Seguramente oíste un animal, algún un pájaro que revoloteaba entre las ramas.

Se había convencido de que no había otra explicación, pero tras leer aquellas dos palabras solo podía extraer una escalofriante conclusión.

Habían estado acechando su casa la noche anterior.

Entornó los ojos para protegerse del sol de la mañana y volvió a escudriñar el perímetro del jardín antes de cerrar la puerta. Con piernas temblorosas consiguió llegar hasta el sofá, donde se dejó caer y cerró los ojos. Tenía que serenarse, pero no podía moverse ni reunir las fuerzas para comenzar el día. Solo podía pensar en los momentos más aterradores de su vida, acaecidos dos años atrás.

Poco después de que comenzara el tratamiento de su madre, entró a trabajar en el coro de Las Vegas Fantasy Follies. Las facturas del hospital se amontonaban más rápidamente de lo que podía pagarlas, y ella era la única que podía llevar dinero a casa.

Al recibir la primera nota en su camerino no le dio mucha importancia. Solo pensaba en la quimio de su madre y en seguir el ritmo de las otras bailarinas para conservar su trabajo. Pero la tercera nota provocó un inquietante comentario de una amiga:

–Te están acosando, Sophia.

Fue entonces cuando Sophia descubrió que las proposiciones que recibían las *showgirls* eran cara a cara después del espectáculo, no impresas en un sencillo papel blanco imposible de rastrear.

Las notas siguieron llegando sin ton ni son. En muchas ocasiones sintió miedo, convencida de que entre el público había alguien que la observaba con un siniestro interés. Otras veces tenía la sensación de que la seguían a casa, aunque nunca vio a nadie. Su vida se convirtió en un cúmulo de desvelos e inquietudes: por su madre, por su trabajo y por su seguridad. Estaba sola.

Hasta que Gordon Gregory acudió a rescatarla como un caballero de reluciente armadura y pelo gris.

Gordon sentía que estaba en deuda con las Montrose por haber salvado la vida de su nieta. Meses antes, Louisa había acogido a una chica que se había escapado de casa de sus padres, en el norte de California. Había aparecido en el callejón detrás del motel donde Louisa trabajaba, colocada y magullada. Habría muerto en las calles de Las Vegas si Louisa y Sophia no se hubieran ocupado de ella. Se pasaron tres días hablando con ella hasta ganarse su confianza y convencerla de que aún tenía una oportunidad para encauzar su vida. Ella accedió a volver a casa y empezar de nuevo, y solo entonces descubrieron que era Amanda Gregory, la nieta de Gordon Gregory, el magnate del petróleo.

Gordon estaba tan agradecido que les ofreció todo lo que quisieran, pero Louisa rehusó cualquier recompensa alegando que solo habían hecho lo correcto. Sin embargo se hicieron muy buenos amigos y cuando la situación se volvió desesperada Gordon volvió a ofrecerles su ayuda. Le propuso a Sophia que se casaran y así podría dejar su trabajo en el casino y alejarse de los posibles acosadores. El anciano caballero tenía unos principios muy tradicionales sobre el matrimonio, a pesar de sus cuatro divorcios y la enorme diferencia de edad. Insistió en que no hubiera condiciones si Sophia aceptaba y le ofreció tiempo para adaptarse a la vida matrimonial, además de proporcionarle un refugio contra todas sus preocupaciones. Con unas facturas médicas desorbitadas, un acosador mandándole notas y una madre enferma, a Sophia no le quedó otra opción. Gordon había sido la respuesta a sus oraciones, y ella logró convencer a su madre de que sería feliz con él.

Se suponía que todo sería tranquilo y discreto,

pero los detalles del matrimonio se filtraron a la prensa amarilla y los periódicos se llenaron de titulares sensacionalistas: «*Showgirl* veinteañera se casa con un viejo millonario por su dinero».

Sophia no siempre se enorgullecía de sus decisiones, pero había hecho lo que tenía que hacer.

No volvería a vivir con miedo.

Lenta y metódicamente, cerró el puño y arrugó la nota hasta que las palabras fueron ilegibles. Aquella bola de papel no podía hacerle ningún daño.

Tendría que olvidarlo todo y confiar en que fuera una simple coincidencia. Al fin y al cabo, el autor de aquella nota no había escrito «algún día serás mía», como rezaban las anteriores.

Se levantó y fue a la cocina a tirarla a la basura. Aquella nota pertenecía al pasado. No iba a permitir que arruinara su presente.

–Llegas tarde, Sophia. ¿Qué parte de «a las ocho en punto» no entendiste?

Sophia puso una mueca ante el humillante tono de Logan. La estaba sermoneando como si fuera un profesor y ella, una alumna difícil.

–Tienes razón –admitió, sentándose frente a él–. Lo siento. No volverá a pasar –dejó el bolso en el sillón que tenía al lado y abrió el maletín para sacar un portafolios.

–Estás muy pálida –observó él con el ceño fruncido–. ¿No has dormido bien?

Sophia se enderezó en el asiento. La maldita nota la había desconcertado más de lo que se esperaba. En el corto trayecto hasta el rancho había estado reviviendo el pasado. Tenía los nervios a flor de piel y tuvo que hacer un enorme esfuerzo para disimularlo ante Logan.

–He dormido muy bien, gracias.

–¿En menos de un minuto te disculpas y das las gracias? ¿Qué te ocurre, Sophia?

–¿Prefieres que te diga lo grosero que has sido conmigo nada más llegar?

Logan sonrió, como si hubiera obtenido la respuesta deseada.

–Lo que espero es puntualidad.

–En un mundo perfecto, tal vez.

–¿En qué no es perfecto tu mundo?

Sophia bajó la mirada al suelo. No iba a responderle, por más que quisiera hacerlo. Le gustaría contarle la verdad sobre su vida y hacerle ver que no era la mujer despreciable y sin escrúpulos que él creía.

–¿No habías dicho que tenías poco tiempo?

–Cierto –afirmó él, echándole un vistazo al reloj–. Manos a la obra. Dentro de una hora tengo otra reunión.

Durante la próxima hora estuvieron discutiendo los detalles de la fiesta. Sophia no había desayunado y le costó concentrarse y tomar notas. Pero afortunadamente Logan se mostró de acuerdo con todas sus sugerencias y la dejó a cargo de los preparativos.

–¿Cómo está Luke? –le preguntó ella antes de salir del despacho.

–Mejor, según me han dicho los médicos.

–¿Volverá hoy a casa? –no pudo disimular el tono esperanzado de su voz.

–Si por él fuera, sí –respondió él, muy serio.

–Dale recuerdos cuando lo veas.

–Lo haré… Ah, y, Sophia…

–¿Sí?

–Come algo. No quiero que la encargada del Sunset Lodge se desmaye en medio del vestíbulo.

Sophia le dedicó una dulce sonrisa.

–Muchas gracias por preocuparte.

–No hay de qué.

Sophia tuvo la impresión de que Logan le miraba el trasero mientras se alejaba por el pasillo.

–Me volveré loco si sigo aquí postrado mucho más tiempo –se quejó Luke en voz baja.

Pobre Luke, pensó Sophia. Apenas podía moverse en la cama sin sufrir terribles dolores, y sin embargo se negaba a tomar los medicamentos que le habían prescrito.

–Tienes que darte tiempo, Luke. Solo llevas unos días en casa.

–No puedo hacer nada en el rancho con las costillas rotas y el brazo escayolado.

Sophia imaginaba cómo debía de sentirse. Luke no era un hombre que pudiera permanecer inactivo mucho tiempo, pero no le quedaba otra opción.

–Lo que necesitas es algo que te distraiga –le ofreció una galleta de mantequilla con azúcar glasé–. Toma, prueba una de estas… Las he hecho esta mañana para ti.

Luke miró la galleta.

–Huele muy bien. Acércamela a la boca –le dio un mordisco y masticó con una mueca de deleite–. Eres un ángel, Sophia.

Lástima que su hermano no pensara lo mismo. Para Luke era un ángel, pero para Logan era peor que un demonio. Parecía increíble que los dos hombres tuvieran la misma sangre en sus venas.

–Es la mejor galleta que he probado en mi vida… Pero no se lo digas a Constance.

Sophia le puso el resto de la galleta en la boca. La receta de su madre siempre conseguía hacer sonreír a la gente.

–He hecho dos docenas –dijo, señalando con la cabeza el plato que había dejado en la mesita de noche, junto al ramo de flores–. Ya me darás las gracias cuando te las hayas acabado.

Luke le agarró las manos con la mano izquierda.

–Te agradezco que hayas venido a verme dos veces desde que volví a casa… y que hayas soportado mis lamentos y gemidos.

–Para eso están los amigos –se levantó de la silla y le puso una segunda galleta en la boca–. Tómate otra.

Él mordió y masticó con los ojos cerrados.

–¿Cómo va todo en el hotel?

Una tubería se había reventado y el agua se filtraba en las habitaciones de la segunda planta, la alarma antiincendios había saltado en la cocina sin ninguna causa aparente y uno de los huéspedes había resbalado y se había torcido el tobillo al desmontar de un caballo.

–Bastante bien.

–Me alegro. Te has adaptado muy bien al rancho.

–Me encanta este lugar.

–Y a mí que estés aquí, haciéndome galletas.

Sophia se rio y Luke esbozó una sonrisa torcida, pero el esfuerzo le provocó una mueca de dolor.

–¿Puedo hacer algo más por ti antes de irme a trabajar?

–No, tranquila. Puedes irte. Y gracias por la visita y las galletas.

–Volveré a verte pronto.

–Puede que ya no esté aquí.

Sophia pensó que estaba bromeando, pero sus ojos brillaban con determinación.

–¿Adónde piensas ir?

–Un viejo amigo del rodeo se está recuperando de una grave lesión en la espalda. Tiene una cabaña en la costa norte de Tahoe y le vendría bien tener compañía. Estoy pensando en irme con él, visto que aquí no podré hacer nada durante las dos próximas semanas.

–¿Puedes viajar?

–Si me tomo las píldoras, sí. No está lejos y Logan se ha ofrecido a llevarme. Cree que es una buena idea, y está deseando perderme de vista para no seguir soportando mis quejas.

–Estoy segura de que tu hermano quiere lo mejor para ti. ¿Me avisarás si decides marcharte? Me gustaría despedirme.

–Pues claro.

Sophia salió de la habitación y recorrió la casa como si estuviera en la suya propia. Se disponía a salir por la puerta principal cuando la detuvo la profunda voz de Logan.

–Sophia, me gustaría hablar contigo –las palabras resonaron en el vestíbulo. Se giró sobre sus tacones y vio a Logan avanzando hacia ella. Su rostro era una máscara de indiferencia, salvo por la rigidez de su mandíbula.

A Sophia le dio un vuelco el corazón. ¿Por qué tenía que encontrarlo tan irresistible, cuando era obvio que nunca habría nada entre ellos?

Desde las íntimas caricias de Logan, Sophia no había dejado desearlo...

–Voy al hotel –dijo secamente, irritada por sus pensamientos.

–¿Estás ocupada?

–Sí, mucho.

–Pero no lo bastante para darle galletas a mi hermano...

–¿Me estabas espiando?

–Yo no lo llamaría espiar, puesto que estoy en mi casa. Me pasé por la habitación de Luke y vi cómo le ponías galletas en la boca…

Sophia cerró un momento los ojos e intentó no perder la paciencia.

–A Luke le han encantado mis galletas. Deberías probarlas tú también. Están deliciosas.

Los ojos de Logan la recorrieron de arriba abajo, apreciando sus curvas bajo el vestido rojo ceñido. Aquel día había olvidado la chaqueta con que se cubría habitualmente el escote, y se sintió desnuda ante su implacable mirada.

–Puede que yo también quiera mi propia hornada, Sophia...

La insinuación la desconcertó y le hizo bajar la mirada unos instantes. Al levantar la cabeza no se atrevió a mirarlo a los ojos y se fijó en la piel bronceada, que revelaba el cuello abierto de su camisa.

–Quizá... algún día, Logan –susurró.

Él le puso una mano bajo la barbilla y le hizo levantar la cara hasta que se vio obligada a mirarlo. Los ojos de Logan ardían como brasas oscuras y le prendieron una llamarada de calor por todo el cuerpo. No era justo que pudiera afectarla de aquella manera con una simple mirada y un leve roce.

Inclinó la cabeza hacia ella.

–No... no me beses.

–Quieres que lo haga.

Sí, quería que la besara. Quería que la hiciera sentirse como la otra noche.

–Logan, ¿estás ahí? –la voz de Luke fue como un chorro de agua fría.

Logan maldijo en voz baja y Sophia tragó saliva. Los dos miraron hacia el dormitorio de Luke.

–Sí, estoy aquí –respondió Logan–. Ya voy.

Sophia se apartó de él y se giró hacia la puerta, pero antes de que pudiera abrir la voz de Logan resonó en su interior.

–Parece que Luke ha vuelto a salvarte...

Ella agachó la cabeza e intentó asimilar las sensaciones. Había algo entre ellos, pero no sabía si podía confiar en sus sentimientos. Ni en Logan.

–Puede que no quiera que me salven –murmuró, pero Logan ya se estaba alejando y no la oyó.

Mejor así.

Capítulo Seis

Sophia no tuvo ocasión de despedirse de Luke, pues se marchó aquella misma noche. Logan pensaba que era mejor hacer el viaje de noche y así Luke podría dormir durante el trayecto a Tahoe. Por lo que Sophia había oído, su anfitrión, Casey Thomas, era un buen tipo. De joven había sido un alocado jinete de rodeo, pero desde su grave lesión prefería llevar una vida sencilla y tranquila en su cabaña junto al lago.

Pero cinco días después, mientras miraba por la ventana después de haberse vestido para la fiesta sorpresa de Ruth, sentía la ausencia de Luke en la boca del estómago. Desde su marcha había recibido dos notas más en su puerta.

Eres preciosa.

Las notas siempre aparecían impresas en un papel blanco pulcramente doblado. La primera podría haberse tratado de una coincidencia, pero las otros dos no dejaban lugar a dudas: había alguien acechándola allí fuera… y no se daba por vencido. Sophia dormía con las luces encendidas y siempre estaba alerta.

Respiró profundamente para intentar serenarse. Aquella noche interpretaría su papel a la perfección para darle a Ruth una sorpresa. El plan era hacerle creer a Ruth que unos amigos de Randall Slade querían usar el Sunset Lodge como lugar de retiro veraniego para el personal de un colegio universitario. Sophia le había explicado que Logan cenaría con ellos en el rancho para causarles una buena impresión, y que uno de los últimos deberes de Ruth sería ayudarla a ella a hospedarlos en el hotel.

Ruth se lo había creído todo, y aunque Sophia estaba segura de que no sospechaba nada, tenía los nervios a flor de piel tras pasarse una semana guardando el secreto. Sobre todo sin tener a Luke para apoyarla.

Antes de salir de casa, observó con atención los alrededores como llevaba haciendo toda la semana. Agarró el chal y el bolso y miró alrededor una última vez antes de cerrar la puerta y subirse al coche. No tenía ninguna evidencia que corroborase su intuición, pero sentía que la estaban vigilando.

Media hora más tarde, tras recoger a Ruth, quien se había puesto un bonito vestido plateado y azul cobalto, Sophia la llevó a casa de los Slade.

Fue Logan quien abrió personalmente la puerta, vestido con un traje oscuro y una corbata de lazo. Besó a Ruth en la mejilla y asintió con aprobación mientras examinaba su peinado alto, el vestido con lentejuelas y las sandalias.

—Nuestro invitado está fuera… y está impaciente por conoceros —Logan se colocó entre ellas y le ofreció un brazo a cada una. Con Ruth a su derecha y Sophia a su izquierda, salieron al jardín trasero, engalanado con luces y mesas decoradas, donde los esperaban más de sesenta personas entre amigos y colegas de Ruth.

–¡Sorpresa! –exclamó la multitud. Ruth se quedó tan perpleja que durante unos segundos no reaccionó. Entonces se llevó las manos al pecho y se puso a llorar de emoción.

Logan y Sophia intercambiaron una mirada para compartir fugazmente el triunfo.

Con la fiesta en su apogeo, siendo Ruth el indiscutible centro de atención, Sophia se retiró al borde del jardín para estar unos minutos a solas. Más allá de la valla de madera encalada, los pastos se extendían bajo el manto de la noche. Sophia sintió un escalofrío y se frotó los brazos, intentando sofocar su inquietud. Las notas anónimas estaban afectando su vida diaria, algo que no podía permitir.

–¿Necesitas estar sola?

Dio un respingo al oír la voz a sus espaldas y se giró para encarar a Logan. Su aspecto era bastante siniestro, con el rostro semioculto por las sombras, pero su voz era suave y tranquilizadora.

–No creo, ya que estás aquí.

Él sonrió y le ofreció una de las dos copas de champán que portaba, pero ella la rechazó.

–No bebo.

–Es sidra.

Todo un detalle por su parte, pensó ella. Aceptó la copa y el roce de sus dedos le provocó un hormigueo por toda la piel.

–Gracias.

–Por Ruth… y por ti. Has organizado una fiesta estupenda.

Sophia brindó con su copa, agradecida por el cumplido.

–Tú también has ayudado.

–Muy poco.

Estaba siendo extrañamente magnánimo aquella noche. A Sophia le gustó que lo fuera, pero la mano seguía temblándole al llevarse la copa a los labios.

–¿Qué te ocurre, Sophia? Estos últimos días has estado muy nerviosa.

Logan se había dado cuenta…

Se giró de nuevo hacia la oscuridad que engullía los pastos. No podía mirar a Logan en esos momentos, estando al borde de las lágrimas. ¿Por qué un simple gesto de amabilidad la ponía tan sentimental?

–Nada que te incumba.

Él se acercó, rodeándola desde atrás con su presencia.

–Entonces admites que te ocurre algo… –su aliento le acarició el lóbulo de la oreja.

Sophia cerró fuertemente los ojos.

–Respóndeme, Sophia.

Le hacía creer que se preocupaba por ella, pero Sophia no podía confiar en él. Había aprendido la lección tiempo atrás. Si seguía recibiendo notas confiaría en un Slade, pero sería Luke.

Se dio de nuevo la vuelta hacia él.

–Deberíamos volver a la fies...

–Señorita So-Sophia. Señor Lo-Logan –Edward se acercó corriendo con entusiasmo–. ¡Mi-miren lo que acaba de lle-llegar! Es un caballo de flo-flores gigante. Tan gran-grande como un caballo de ver-verdad. Lo ha en-enviado el se-señor Luke. ¡Tienen que ver-verlo!

Sophia miró a Logan. Este torció el gesto, pero no le hizo ver a Edward que había interrumpido una conversación íntima.

–Vamos a ver ese caballo –dijo ella, y le dio la mano a Edward para que el niño la condujera rápidamente a la fiesta.

En el fondo agradecía la interrupción.

¿O debería considerarlo una huida?

Apoyado en una columna y con un *bourbon* en la mano, Logan seguía con la mirada los sensuales movimientos de Sophia en la pista de baile. El contoneo de sus caderas atraía las miradas de todos los hombres, solteros y casados, incluido el pinchadiscos. Y no era para menos. El vestido negro de lentejuelas realzaba sus voluptuosas curvas, como una reina del *glamour* con el pelo recogido en lo alto de la cabeza.

En esos momentos bailaba en brazos de Hunter, abochornando al pobre muchacho con sus sonrisas. Ya había bailado con Ward, con el marido de Ruth y con Edward. Parecía estar disfrutando como nadie, pero había algo extraño en ella esa noche. Su expresión era tensa, y continuamente miraba alrededor, como si estuviera buscando algo o a alguien. Y cuando él la abordó un rato antes, a ella casi se le salió el corazón del pecho.

Pero no era asunto suyo, a menos que el motivo de su inquietud tuviera relación con el rancho.

Solo entonces le importaría.

–Ruth se lo está pasando muy bien –dijo Ward, acercándose a él con un vaso de whisky–. A tu padre le habría gustado ver esto.

Por una vez, Logan estuvo de acuerdo con algo relativo a su padre. Había sido un patrón justo y decente, y con gusto le habría ofrecido una fiesta como aquella a una fiel empleada.

–Se ha llevado una gran sorpresa.

–Gracias a ti.

–El mérito ha sido de Sophia, no mío.

Volvió a mirar a Sophia, que había dejado de bailar y se preocupaba de atender a los invitados. Por mucho que lo intentara, no podía apartar los ojos de ella.

–Es una chica que trabaja duro… y realmente encantadora –comentó Ward–. Mi hijo está colado.

–Él y todo el personal. En ese aspecto no es muy distinta a su madre.

–Deberías juzgar a las dos mujeres por sus méritos. O mejor aún, no juzgarlas en absoluto.

A Logan le molestó la reprimenda de Ward. El viejo era muy respetado en el rancho y había sido muy amigo de su padre, pero Logan no iba a cambiar su opinión de Sophia.

–Solo estoy siendo cauto, Ward.

–¿Por eso no le quitas el ojo de encima?

–¿Acaso me estás vigilando?

–Creo que deberías bailar con ella.

–Ya tiene a bastantes admiradores con los que bailar.

Ward soltó una carcajada.

–Seguro que reservaría un baile para ti.

Logan sacudió lentamente la cabeza.

–Lo dudo. Para ella soy peor que el diablo.

Ward acabó el whisky y dejó el vaso en una mesa.

–Quizá deberías dejar de comportarte como uno y darle una oportunidad –sentenció, y se alejó para iniciar una conversación con su hijo.

Logan frunció el ceño y se dirigió al bar en busca de otra copa.

Después de la cena, los brindis y los discursos de agradecimiento por parte de Logan y de Ruth, los invitados empezaron a marcharse y Sophia acompañó a muchos de ellos a sus coches. Realmente era la anfitriona perfecta, pensó Logan mientras observaba cómo se despedía y les agradecía su presencia. Estaba a punto de hacerle un cumplido cuando recibió una llamada de su hermano Justin, que estaba en el Ejército. Se metió en el despacho para hablar con él y cuando volvió a salir, veinte minutos más tarde, vio que todos los invitados se habían marchado ya.

–¿Dónde está la señorita Montrose? –le preguntó a uno de los camareros en la cocina.

–Se marchó hace diez minutos con la señora Polanski. Dijo que nos despidiéramos de su parte.

Logan esperó a que los empleados lo recogieran todo y se marcharan, y se dejó caer en el sofá con un suspiro de cansancio y satisfacción. Ruth se había llevado una gran alegría y le había dado las gracias media docena de veces. Su padre habría estado ciertamente orgulloso.

Su padre...

Logan lo había idolatrado. Siendo el hijo mayor, siempre había querido ser como Randall Slade: honesto, decente y trabajador. Hasta que un día perdió por completo la fe que tenía en él.

Una noche Logan se despertó de una pesadilla. El sudor le empapaba la frente y le temblaba todo el cuerpo. Abrió los ojos, pero todo estaba a oscuras. Estaba demasiado nervioso para volver a dormirse y se levantó para ir en busca de lo único que podía tranquilizarlo. Aquel día solo lo había visto un momento, cuando lo llevaron al rancho: Campeón, el semental purasangre.

Salió de puntillas de la casa para no despertar a sus padres. Su padre no aprobaría una visita sin supervisión a un caballo nuevo en el rancho. Los sementales eran conocidos por su comportamiento inestable.

Al entrar en el enorme establo oyó unos susurros en la oscuridad.

Debería haber dado media vuelta y regresado corriendo a casa. Pero en vez de eso se ocultó junto al guadarnés y escuchó con atención.

–Te necesito, Louisa. Eres la única mujer a la que he amado en mi vida.

Era la voz de su padre.

Logan se quedó paralizado por el pánico. Su padre estaba hablando con Louisa Montrose, la gerente del Sunset Lodge.

–Yo también te amo, vida mía –susurró ella–. Quiero que estés siempre conmigo.

A Logan le ardían los oídos mientras escuchaba los gemidos y jadeos. El establo estaba a oscuras, pero no tanto como para que Logan no pudiera atisbar por las hendiduras de la madera y ver a su padre echado sobre Louisa en el catre, besándola y haciéndola retorcerse de placer.

–Me casé con ella para unir las tierras de nuestras familias, Louisa –decía su padre–. Y porque estaba embarazada de Logan.

–No me importa –respondía ella–. No me importa...

Logan abrió los ojos. Los recuerdos lo sumían en una profunda turbación y resentimiento. Todo lo que siempre había creído era mentira. Su padre había sido un sinvergüenza que se había casado por negocios y porque había dejado embarazada a una mujer. Logan había sido concebido por accidente. No habían querido tenerlo. Y el hombre al que Logan amaba, admiraba e idolatraba por encima de todos no era quien él había creído.

Logan había sorprendido a su padre cometiendo

adulterio a cincuenta metros de donde su madre dormía.

No era la imagen más reconfortante para un niño a punto de hacerse hombre.

Se levantó del sofá y se puso a vagar por la casa, acosado por las imágenes de su padre retozando con Louisa Montrose. ¿Por qué había tenido Ward que mencionar a su padre aquella noche?

Vio que Sophia había olvidado su chal negro en la mesa del vestíbulo. Sin pensarlo, lo agarró y se lo pegó a la nariz para aspirar profundamente. Cerró los ojos y se dejó embriagar unos segundos con aquella fragancia única y exótica. Lo aferró en la mano y salió sin dudarlo por la puerta.

Aquella noche no habría prudencia capaz de impedir que fuera en busca de Sophia.

Sophia aparcó en el camino de entrada y soltó un profundo suspiro de alivio. Finalmente estaba en casa, tras un largo y arduo día en el que, afortunadamente, todo había salido según lo planeado. A partir de aquel fin de semana se encargaría ella sola del Sunset Lodge, aunque Ruth le había dicho que la llamara si necesitaba asesoramiento.

Salió del coche, impaciente por darse una ducha caliente y disfrutar de una merecida noche de reposo.

Al pasar del suelo asfaltado al sendero que conducía a la puerta, oyó un ruido. Unas pisadas haciendo crujir las hojas caídas. Se dio la vuelta, presa del pánico, e intentó localizar el origen del sonido. Procedía de detrás de una hilera de azaleas, en el lateral de la casa. Entornó los ojos para escudriñar más allá del círculo de luz que ofrecía la bombilla del porche, pero no distinguió nada en la oscuridad. El corazón le latía salvajemente y la cabeza se le llenó de imágenes escalofriantes. Se imaginó que alguien salía de los arbustos para atacarla. Un loco que la había seguido desde Las Vegas y que conocía todos sus movimientos...

Corrió hasta la puerta e intentó meter la llave en la cerradura, pero las manos le temblaban tanto que se le cayeron al suelo. Se agachó rápidamente y por el rabillo del ojo advirtió otro movimiento, una figura alta y oscura que entraba en el sendero iluminado desde el lado opuesto a las azaleas. El miedo le paralizó el cuerpo y los sentidos, pero se juró que no se rendiría sin luchar y se dio la vuelta, preparada para gritar, golpear y defenderse con uñas y dientes.

–¿Sophia? –era la voz de Logan. Vio su sombrero Stetson emergiendo de las sombras y se le escapó un gemido de alivio.

–¿Logan? –las piernas no podían sostenerla y se desplomó contra la puerta–. Gracias a Dios que eres tú...

–Estás muy pálida, ¿qué te ha asustado tanto?

Ella empezó a llorar y se llevó una mano a la boca mientras sacudía la cabeza.

–¿Te han hecho daño?

–No, es-estoy bien... ¿Qué haces aquí?

Él le mostró el chal que había llevado en la fiesta.

–Te dejaste esto en casa.

–No he oído tu coche.

–He venido a pie.

Sophia no respondió.

–Estás temblando –le quitó la llave de la mano y la introdujo en la cerradura–. Vamos a meterte en casa –abrió la puerta y le puso una mano en la espalda para guiarla hasta el sofá–. Siéntate.

Ella lo obedeció mecánicamente. Cerró los ojos y tomó aire para intentar calmarse. Estaba a salvo. Logan estaba allí.

–¿Qué ha pasado ahí fuera? –le preguntó él, sentándose en el extremo del sofá.

Su tono, serio e inflexible, le hizo abrir los ojos.

–Quiero la verdad.

A pesar de su zozobra, a Sophia no se le pasó por alto la ofensiva insinuación. Logan creía que estaba acostumbra a mentirle y le exigía la verdad. Pero aquella vez no podía discutir con él. Su presencia la reconfortaba más que ninguna otra cosa.

–He oído un ruido en las azaleas y me he asustado.

–¿Qué más?

Ella apartó la mirada.

–Tiene que haber algo más –insistió él–. Ya has vivido en este rancho y sabes que hay muchos animales que pueden hacer ruido. Cuando he llegado has dicho: «Gracias a Dios que eres tú». ¿Había alguien molestándote?

–¿Aparte de ti? –le sonrió dulcemente, pero el ceño fruncido de Logan le dijo que no estaba para bromas–. Lo siento. Me he llevado una gran alegría al verte.

–Ahora sí que es evidente que ocurre algo... Tú nunca te alegras de verme.

Sophia suspiró. No quería hablar de ello, pero sabía que Logan no se marcharía sin una explicación.

–He recibido tres notas anónimas –empezó, y le contó todo lo ocurrido desde que se instaló en la casa. Ante la insistencia de Logan, también tuvo que contarle lo que le pasó en Las Vegas.

–Tenemos que avisar al sheriff –dijo él al término del relato.

–No.

–¿Por qué no?

–Ya he pasado antes por esto. Las notas no son amenazadoras y no se puede hacer nada. Y no quiero atraer este tipo de atención al Sunset Lodge. El lunes empiezo como encargada...

–Hace un minuto estabas muerta de miedo.

–Puede que no sea nada... o que tenga un admirador secreto.

–Seguro que tienes más de uno, pero si alguien te está dejando notas en la puerta y acechándote...

–No sabemos si es así. Puede que mi imaginación me esté jugando malas pasadas. O que fuera un animal.

–Ni tú ni yo nos creemos esa explicación. ¿De verdad te niegas a avisar al sheriff?

–Sí.

Logan la miró con cara de pocos amigos, pero ella no iba a ceder. Ya había sido bastante el centro de atención cuando se casó con Gordon Gregory. No quería que se montara un circo mediático en torno al Sunset Lodge y que la policía empezara a interrogar a todo el mundo.

–Tenemos un buen sistema de seguridad en el rancho y el hotel –dijo Logan–. Eso quiere decir que el que te ha dejado las notas es alguien del rancho. El asunto es preocupante, Sophia. Si no quieres ir a la policía tampoco podrás quedarte aquí sola.

–¿Y entonces? –preguntó ella, aunque ya se temía la respuesta.

–Entonces vas a mudarte a mi casa. Sin discusión.

Capítulo Siete

Sophia no podía olvidar que estaba a viviendo bajo el mismo techo que Logan Slade. La casa era grande, pero no tanto como para que su presencia le pasara inadvertida. Por la mañana lo veía en la cocina, sin afeitar y con el pelo revuelto. También lo veía con la camisa desabrochada cuando se dirigía hacia su dormitorio para darse una ducha. Con Luke ausente, Sophia no podía seguir fingiendo que Logan empezaba a conquistarle el corazón.

Cada mañana desayunaba con ella y le insistía en que cenara en la casa. Y cuando ella empezaba a emocionarse por sus preocupaciones, él adoptaba una expresión inescrutable y le recordaba que todo era por su seguridad.

Debería estar exhausta. Las largas jornadas en el hotel agotarían a cualquiera, pero parecía tener una energía inagotable. Ver a Logan entrar y salir de casa todos los días le hacía estar nerviosa y ansiosa. Mantenían una breve charla durante las comidas, y antes de levantarse de la mesa Logan la miraba con un fugaz pero inconfundible brillo de anhelo en los ojos. No era tan inmune a ella como pretendía hacer creer. Tal vez sus defensas estuvieran empezando a resquebrajarse...

Tres días después de instalarse en su casa, Sophia lo vio levantarse de la mesa nada más acabar la cena, como siempre.

—Voy a acostarme temprano —dijo, estirando los brazos sobre la cabeza. Parecía cansado, con los ojos enrojecidos y la sombra de una barba incipiente.

—Buenas noches —respondió ella, antes de soltar lo que estaba pensando—. Creo que saldré a dar un paseo.

—¿Adónde? Las tiendas cierran pronto.

—No me refiero a esa clase de paseo. Necesito tomar un poco el aire. Estaba pensando en pedirle a Hunter que me ensille una yegua y que salga a montar conmigo.

—Hace una hora que mandé a Hunter a casa.

Sophia se encogió de hombros.

—No pasa nada. Encontraré a alguien más —se levantó de la mesa y empezó a recoger los platos, pero él la agarró del brazo.

—Todos se han retirado ya a sus casas. ¿Por qué no lo dejas para otro momento?

—No quiero sentirme una prisionera... Puedo ensillar el caballo yo misma y salir a montar.

—Dentro de una hora habrá oscurecido, Sophia —le sostuvo la mirada un largo rato, hasta que finalmente la soltó—. Muy bien. Haz lo que quieras.

A Sophia no le produjo ninguna satisfacción contrariar a Logan, pero realmente necesitaba una vía de escape para toda su energía reprimida. Y para ello nada mejor que un paseo a caballo por los caminos del rancho Sunset. No era tan tonta como para ir sola, pero esperaba encontrar un compañero en el rancho o en el hotel.

Veinte minutos después, tras haberse cambiado de ropa, entró en el establo y fue recibida por los relinchos de los caballos. Se detuvo para acariciar a una vieja y mansa palomina.

—Hola, Buttercup.

Buttercup no era una purasangre y por tanto nunca sería puesta a la venta. Ella y otra media docena de caballos tenían como función pasear a los huéspedes por los campos y tranquilizar a los animales más fogosos del establo.

Sophia les dedicó un poco de atención a cada uno y fue al guadarnés a por sus aparejos. No había nadie que pudiera ayudarla, y se disponía a seguir el consejo de Logan y volver a la casa cuando él apareció en la puerta.

—¿Aún quieres montar?

Se quedó tan sorprendida por su repentina aparición que tardó unos segundos en reaccionar.

—Eh… sí, me gustaría montar.

—Sigues nerviosa, ¿verdad?

—No.

Las pisadas de sus botas resonaron en las paredes de la pequeña habitación, hasta que su rostro quedó a pocos centímetros del suyo.

—Lo estás.

—Ya no. Te tengo conmigo, y no ha habido más notas ni incidentes.

—Sabías que no te dejaría montar sola, ni que fueras con nadie más.

–¿Creías que te estaba insinuando que montaras conmigo?

–¿No es así?

–No, solo quería salir de la casa.

–Pensaba que querías un poco de tranquilidad después de pasarte todo el día trabajando.

–La casa es...

–¿Es qué, Sophia?

–Solitaria.

La expresión de Logan se suavizó, y con la mirada le recorrió el cuerpo hasta que Sophia sintió que ardía de excitación.

–Sin Luke en la casa, y sin que tú apenas me hables...

–¿Luke? –algo destelló en sus ojos–. Tú no deseas a Luke.

A Sophia se le aceleró aún más el corazón. La intensa mirada de Logan arrasaba su sentido común.

–Luke es mi a...

Logan la estrechó en sus brazos, envolviéndola con su fuerza y olor masculino.

–No vamos a hablar de Luke esta noche –sonrió–. No vamos a hablar de nada.

La besó en los labios con una ternura exquisita, como si quisiera succionarle sus miedos y su soledad. Tan dulce era el beso que Sophia tuvo que recordarse que era Logan quien la estaba besando y abrazando.

Logan Slade. El hombre que la despreciaba.

Entonces, ¿por qué la hacía sentirse como si flotara en una nube?

Ignoró las dudas y se abandonó a las sensaciones que le provocaba. Siempre se había sentido atraída por Logan, y mientras la besaba apasionadamente se preguntó si acaso no estaría enamorada de él.

Le puso las manos en el pecho y lo tocó con ansia y anhelo a través del algodón, arrancándole un gemido de la garganta.

Él le soltó el pelo y contempló cómo le caía libremente alrededor del rostro.

—Me haces olvidar quién soy...

Ella le echó los brazos alrededor del cuello.

—Eres Logan Slade y yo no te gusto.

Logan entrelazó las manos en sus largos cabellos.

—Hay cosas que me gustan de ti, Sophia.... Más de lo que me han gustado de ninguna otra mujer.

—¿Qué te gusta de mí? —le preguntó ella mientras volvían a besarse.

—Me gusta tu pelo... y tu cuerpo —le acarició los hombros y los brazos y a Sophia se le escapó un gemido. Los halagos de Logan eran un poderoso elixir—. Es una tortura vivir contigo y saber que duermes a pocos pasos de mi habitación.

—Logan...

Era imposible detenerse. Estaban atrapados en un peligroso juego que solo podía acabar de una manera. Logan la apretó contra su pecho. La fricción de los vaqueros al frotarse mutuamente avivaba el calor salvaje que le abrasaba el estómago. Cerró los ojos y se deleitó con aquel roce erótico que le ponía la piel de gallina. Él le puso la mano en la blusa y con dos dedos le acarició la piel que quedaba expuesta sobre los botones.

Un chasquido y un desgarrón, y dos botones cayeron al suelo. Abrió los ojos y se encontró con la expresión expectante de Logan, esperando su aprobación.

Le sonrió para animarlo a seguir, y él le quitó rápidamente la blusa. La tiró al suelo y le tocó la parte superior de los pechos.

–Me gusta tocarte… No me canso de hacerlo…

Le desabrochó el sujetador y contempló sus pechos desnudos con un gemido de veneración. Se llenó las manos con ellos mientras la besaba una y otra vez. Sus bocas se fundían y devoraban mutuamente en un frenético intercambio de mordiscos y lenguas entrelazadas.

Al cabo de un minuto Logan desplazó los labios hasta su oreja para susurrarle una advertencia.

–Un segundo más y no podré detenerme.

–No quiero que te detengas –respondió ella. Ya habían pasado el punto de no retorno, pero Logan le daba la opción de seguir.

–No te muevas.

Esperó de pie a que Logan extendiera una colcha sobre un roído sofá de cuero pegado a la pared. Volvió a por ella para levantarla en brazos y bajarla con suavidad. Le quitó las botas y el resto de la ropa y permaneció contemplándola unos segundos. Ella se sintió expuesta y vulnerable, esperando allí desnuda a que le hiciera el amor.

–Me gusta el brillo de tus ojos cuando me miras

–dijo él–. Sabía que eras hermosa, pero… no imaginaba cuánto.

Y de repente Sophia perdió la vergüenza, los temores y las dudas. La inseguridad dejó paso a un incontenible deseo por entregarse a Logan y que él la tomara.

Logan se quitó la camisa y los vaqueros…

–Piedad –dijo ella, sobrecogida ante su imponente erección.

–Lo tomaré como un cumplido –en vez de cubrirla con su cuerpo, se tumbó junto a ella para volver a besarla–. Cierra los ojos.

Ella obedeció y él empezó a acariciarla con delicadeza entre los muslos. Al principio con delicadeza, pero pronto fue aumentando el ritmo y Sophia no tardó en explotar de placer.

–Sophia… –murmuró mientras ella volvía a la tierra–. No te imaginas lo que me excita verte así.

Apenas se veía nada en el guadarnés. Sophia alargó los brazos en un desesperado intento por unirse a él.

–Llevo mucho tiempo esperando esto, Sophia… Esperándote a ti.

Veinte minutos después, envuelta por los fuertes brazos de Logan, abrió los ojos en la oscura habitación y sintió el aire seco de Nevada en la piel desnuda y empapada de sudor.

Suspiró, sintiéndose más plena y satisfecha de lo que nunca se había sentido. Logan era un amante increíble y la había llevado a unas cotas de placer inimaginables con sus fuertes embestidas, sus alentadores susurros y su recio cuerpo cubriéndola.

Ni siquiera le importó que no llegaran a la vez al orgasmo. Le gustaba haber sido ella la primera y ver cómo el rostro de Logan se contraía en una mueca de placer y tensión liberada, para luego quedar los dos abrazados, exhaustos y sin aliento.

Él la besó en la frente y le acarició el brazo, y Sophia se deleitó con sus atenciones. Ningún hombre, de los pocos amantes que había tenido, la había tratado así después de acostarse con ella.

Había intentado protegerse de Logan Slade desde que podía recordar. Pero aquella noche había bajado la guardia y le había permitido entrar, no solo en su cuerpo, sino también en su corazón.

Amaba a Logan.

Al fin estaba segura de lo que sentía. No podría haberse entregado a Logan si no estuviera enamorada de él. Le había brindado su entera confianza y no se arrepentía lo más mínimo.

–¿Tienes frío? –le preguntó él.

–Un poco.

Le frotó suavemente la cadera para calentarle la piel.

–Deberíamos salir de aquí, antes de que entre alguien.

Sophia abrió los ojos como platos. No había pensado en aquella posibilidad. La seducción de Logan la había hecho olvidarse de dónde estaba.

–Tienes razón.

Logan se levantó de mala gana y recogió la ropa de Sophia, que estaba esparcida por el suelo. Ella se incorporó para vestirse y contempló a Logan con el corazón henchido de orgullo. ¿Cómo podía sentirse así por un hombre que tanto daño le había hecho?

Una vez vestidos, salieron en silencio del guadarnés y atravesaron el establo entre los relinchos de los caballos. Al llegar a la puerta, Logan se asomó al exterior y miró a ambos lados.

—¿Crees que hay alguien ahí fuera? —le preguntó ella. No la preocupaba tanto su acosador como que un empleado del rancho los sorprendiera.

—No lo sé.

—¿Deberíamos salir por separado?

Logan sonrió y negó con la cabeza.

—Cariño, hace días que te mudaste a mi casa… ¿Crees que alguien en el rancho piensa que nos dedicamos a hacer galletas?

—¡Pero si no hemos hecho nada!

—Ahora sí lo hemos hecho…. Pero ya no importa. ¿Preparada para echar a correr? —preguntó, tendiéndole la mano.

Tenían que recorrer una extensión similar a la de un campo de fútbol para llegar a la casa. Sophia le agarró la mano y los dos echaron a correr.

La sensación de riesgo y aventura la hizo reír. Hacía años que no se sentía tan exultante y atrevida. Iba un paso por detrás de Logan, quien tiraba de ella todo el tiempo, y le pareció que él también se reía.

Aquella noche, Logan propuso que tomaran helado de postre.

–A ver si lo adivino… –dijo Sophia–. ¿De fresa?

–¿Cómo lo sabes?

–Recuerdo que era tu sabor favorito en las fiestas de cumpleaños. El mío es la vainilla y el de Luke, el chocolate.

–Muy observadora… Otra cosa que me gusta de ti –no le gustaba nada que mencionara a su hermano, pero no iba a dejar que aquello le fastidiara la noche. Luke y Sophia eran amigos, siempre lo habían sido, y siempre lo serían.

No había sido su intención acostarse con ella, pero habiéndolo hecho no iba a renunciar a ella hasta saciar todo su deseo. Ningún hombre en su sano juicio dejaría escapar a una exuberante belleza como Sophia. Pero por mucho que la deseara seguía sin confiar en ella.

–Vamos –la agarró de la mano y la llevó a la cocina–. Seguro que encontramos helado de vainilla para ti.

Sophia lo siguió, vestida con una camisa de Logan y el pelo alborotado. La luna iluminaba la cocina y Logan decidió no encender las luces. Le gustaba ver a Sophia a la luz de la luna.

–Siéntate mientras yo sirvo el helado.

–¿Logan Slade sirviéndome? Esto sí que es inaudito.

–Como tantas otras cosas que han pasado esta noche...

–Puede que existan los milagros, después de todo.

Logan sonrió y abrió la nevera.

–Ha sido toda una experiencia.

–Y que lo digas. ¿Quién se lo hubiera imaginado?

–Yo no, y seguro que tú tampoco.

–Yo quería montar.

Logan llevó dos grandes envases de helado a la mesa y se sentó junto a ella.

–Ten cuidado con lo que deseas...

–Lo tendré en cuenta... ¿Vamos a comer a oscuras?

–¿Te importa?

–No, pero ¿por qué?

–Las cosas saben mejor a oscuras.

–¿En serio?

–Piénsalo... ¿Qué haces cuando quieres saborear algo de verdad?

Sophia lo pensó y sonrió.

–Cierro los ojos.

–Exacto –hundió la cuchara en su helado y se llevó un gran cantidad a la boca, cerrando los ojos con deleite.

Sophia también atacó su helado y también ella cerró los ojos al tragar. A Logan se le formó un nudo en la garganta.

–Espera –le dijo, tras ver cómo saboreaba dos cucharadas más de helado–. Déjame que te ayude.

Le quitó la cuchara y la llenó de helado para llevársela a la boca. Ella separó sensualmente los labios y cerró los ojos cuando él le introdujo suavemente la cuchara. Darle de comer era algo increíblemente erótico.

–Quiero más, Sophia.

Ella abrió los ojos y respondió sin dudarlo.

–Yo también.

Logan acercó la boca a la suya y le rozó ligeramente los labios.

–No me refiero al helado.

–Yo tampoco.

A Logan le dio un vuelco el corazón. Se levantó y tomó a Sophia en sus brazos. Ella se abrazó a su cuello y él inclinó la cabeza para besarla con una pasión desaforada, amoldándosela a su cuerpo como un traje hecho a medida. Extendió las manos sobre sus nalgas y la frotó contra la erección que amenazaba con destrozar sus vaqueros.

La llevó en brazos hasta el dormitorio y retiró la colcha para tumbarla sobre las sábanas. El pelo de Sophia se esparció sobre la almohada y Logan le quitó la ropa en pocos segundos, impaciente por verla desnuda en su cama. Iba a lamer hasta el último palmo de sus voluptuosas curvas, hasta que ambos quedaran saciados y satisfechos.

Sus pechos eran firmes, grandes y turgentes, imposibles de abarcarlos con las manos. Logan atrapó un pezón con la boca y la hizo gritar de placer. Durante un largo rato estuvo prodigándole atenciones a sus pechos, besándolos, pellizcándolos y sorbiéndolos. Y Sophia se retorcía incontrolablemente encima de él, hasta que Logan estuvo a punto de perder el control. Necesitaba poseerla y que fuera suya para siempre. Pensó fugazmente en su padre y en su obsesión por Louisa Montrose. La única diferencia era que Logan no estaba casado con nadie. No le había jurado amor eterno a una mujer para luego acostarse con otra. Él jamás se enamoraría de una Montrose. Sophia no le haría perder la cabeza.

Él solo la quería en su cama. Nunca caería en la misma trampa que su padre. En ese aspecto nada había cambiado.

Los gemidos de Sophia se hicieron más intensos y frenéticos. Le desabrochó los vaqueros a Logan para agarrarle el miembro, duro e hinchado, y él apenas tuvo tiempo para ponerse un preservativo antes de que ella pusiera fin a su mutuo tormento.

Con una lenta y profunda penetración los dos cuerpos se unieron en uno solo y cabalgaron juntos hacia el orgasmo.

«Te quiero, Logan», pensó Sophia mientras lo miraba, dormido junto a ella, deliciosamente atractivo a la luz de la mañana con el pelo revuelto y una barba incipiente.

No le haría saber a Logan cuánto lo amaba. No podía confiarle sus sentimientos ni decirle las verdades que no estaba preparado para escuchar. Al menos, no de momento.

Se levantó con cuidado de no despertarlo y se

puso la camisa de Logan y sus pantalones antes de salir de la habitación. El servicio no tardaría en llegar. Y por lo que Logan le había contado, todos se imaginaban ya lo que había entre ellos.

Entró en su habitación y cerró la puerta sin hacer ruido. No estaba lista para comenzar el día, pero tampoco podía volver a dormirse, de modo que se desnudó y se metió en la ducha. Permaneció un largo rato bajo el agua caliente, sumida en sus pensamientos.

La noche que había compartido con Logan había sido increíble, pero no sabía lo que había significado para él. ¿Habría sido su propósito seducirla o se había visto atrapado por algo tan poderoso que ninguno de los dos podía negar? Fuera como fuera, su relación había cambiado para siempre.

Se estaba secando cuando llamaron a la puerta.

–¿Quién es?

–Soy yo, Sophia.

El sonido de su voz le provocó un hormigueo por todo el cuerpo. Se envolvió con una toalla y abrió la puerta. Los ojos de Logan ardieron de deseo al verla.

–Buenos días –iba impecablemente vestido con unos pantalones negros y una camisa blanca–. Te has levantado muy temprano.

–Sí... me desperté y no pude volver a dormirme.

–Querías salir de mi habitación antes de que llegara el ama de llaves.

–Cierto –admitió ella–. ¿Te ha molestado?

Él le dedicó una sonrisa letal.

–No huyas de mí, Sophia. Tengo una ducha en mi habitación lo bastante grande para dos. La próxima vez nos ducharemos juntos.

Daba por supuesto que habría una próxima vez...

–No podemos tener una aventura –se sorprendió diciendo ella. Por muy doloroso que fuera, sabía que era lo correcto.

Logan no pareció inmutarse, salvo por un fugaz destello en sus ojos.

–¿Porque no nos gustamos?

Por desgracia, no podía decírselo. No podía declararle su amor. Logan seguía siendo el mismo, con los mismos prejuicios y opiniones.

–Yo no he dicho que no me gustes.

Él esbozó un atisbo de sonrisa.

–Anoche lo pasamos muy bien... –le apartó el pelo hacia un lado, rozándole suavemente el hombro. Ella se puso a temblar por el contacto y por el fuego de sus ojos–. Podríamos tener más noches como esa.

Sophia consiguió reunir el valor suficiente para hacerle la pregunta que marcaría su relación.

–¿Has cambiado de opinión respecto a mi madre y a mí? ¿Aún te molesta que yo esté aquí?

La expresión de Logan se endureció y retiró la mano de su pelo.

–No sigas por ahí, Sophia, si no quieres estropearlo todo.

Ella cerró los ojos. La brutal sinceridad de Logan le partió el corazón. Lo de la noche anterior solo había sido sexo, sin confianza ni amor. Logan seguía viendo a su madre como una destrozahogares y a ella, como una cazafortunas. Y ella había sido una estúpida al creer que podría cambiar de opinión.

–Entonces no hay nada de qué hablar –le dijo con toda la dignidad que se podía mostrar con una toalla y el pelo mojado.

Lo miró a los ojos, retándolo a que dijera algo, a que intentara explicarse o convencerla de lo contrario. Pero él no dijo nada.

Lo que hizo fue alargar los brazos y desliarle la toalla alrededor de su cuerpo, dejándola caer a sus pies. Sophia quedó desnuda ante él, recién lavada y perfumada.

Él contempló ávidamente su desnudez y respiró hondo, antes de pronunciar las palabras que acompañarían a Sophia el resto de su vida.

–Esto no ha terminado, Sophia. Y muy pronto vas a verlo.

Capítulo Ocho

Sentada en el despacho, contemplando los exuberantes jardines y las montañas a lo lejos, Sophia pensaba que podría ser feliz en aquel lugar. Y lo sería, a pesar del volumen de trabajo que cargaba sobre sus hombros. El desafío la estimulaba y no se dejaba vencer por las dificultades del puesto.

Aquella mañana había tenido que atender por teléfono a varios proveedores y ocuparse de un mozo de cuadra que había sido grosero con los huéspedes. Por la tarde tenía un almuerzo con un paisajista. Quería hacer algunos cambios en la finca para hacerla más atractiva a los clientes, y tenía que repasar el presupuesto anual del rancho.

Oyó unos pasos acercándose y se giró hacia la puerta. Hunter Halliday se asomó en el despacho con un ramo de azucenas.

–¿Señorita Montrose?

–Pasa, Hunter.

El muchacho entró y se detuvo delante de la mesa, visiblemente incómodo con aquellas flores en las manos.

–Son muy bonitas –dijo Sophia cuando Hunter permaneció en silencio.

–Son del señor Slade.

–¿Del señor Slade? –repitió ella, sorprendida.

–Sí, señorita Montrose. Y ha dicho que lea la nota en privado.

A Sophia le ardieron las mejillas y recordó las palabras de Logan. «Esto no ha terminado». Ella tampoco quería que se acabara, pero su orgullo le impedía entregarse a Logan si él se negaba a escuchar su versión de la historia.

–Gracias, Hunter.

–De nada.

Hunter no se movió ni hizo ademán de marcharse. Siguió observándola y ella le sonrió.

–¿Algo más?

–Sí, pero no sé si debo decírselo.

–Si es algo que te preocupa, puedes y debes decírmelo. ¿Por qué no te sientas?

–Está bien –tomó asiento al otro lado de la mesa y se frotó las manos–. Se trata de Gabriel Strongbow.

Sophia arqueó las cejas. Era el mozo del que había recibido la queja por parte de los huéspedes.

–¿Qué pasa con él?

–Se podría decir que somos amigos, y me gustaría hablar en su favor.

–Aún no he hablado con él, pero escucharé lo que tenga que decir.

–Está convencido de que van a despedirlo, y eso sería terrible. Trabaja aquí para ayudar a su madre y también intenta asistir a la escuela. Y quiero decir que no fue grosero con el huésped.

–¿Estás seguro?

–Bueno, yo no estaba allí, pero Rebecca Wagner lleva toda la semana tonteando con él y Gabe se ha mostrado muy amable y educado con ella. Rebecca le dio ayer su número de teléfono, y cuando la señora Wagner lo descubrió lo acusó de toda clase de cosas. Gabe no ha hecho nada malo.

Rebecca era una bonita joven de dieciséis años que, según le había contado Ruth, visitaba el rancho dos veces al año con sus padres desde hacía una década.

–Parece que la señora Wagner quiere proteger a su hija a toda costa. Pero tú sabes que tenemos reglas muy estrictas sobre las relaciones entre el personal y los huéspedes, y no podemos tolerar que nadie las infrinja.

–Sí, lo sé –Hunter respiró profundamente–. Pero tenía que contarle la verdad.

–Y has hecho bien –Sophia le sonrió–. Gabe es afortunado al tenerte como amigo.

–Solo quiero que se haga justicia.

–Seré justa con él.

Hunter se relajó un poco.

–Gracias –se levantó, le echó una última mirada y se marchó.

Sophia también se levantó y cerró la puerta del despacho, sumida en sus pensamientos. Un gerente tenía que ser inflexible a la hora de hacer cumplir las reglas, y a veces era difícil decidir lo mejor para el establecimiento sin invadir los derechos de los empleados. Pero en aquel caso, a menos que las acusaciones demostraran ser ciertas y se hubiera producido una infracción del reglamento, estaba segura de que Gabriel Strongbow no perdería su empleo.

Ella nunca había despedido a nadie.

Apartó esos pensamientos y contempló las flores. Se moría de curiosidad por saber qué tenía que decirle para que hubiera que leerlo en privado. Agarró el sobre blanco y sacó la hoja.

Sophia,
no puedo sacarme tu imagen de la cabeza.
Cena conmigo esta noche, a las ocho.
Será nuestra primera cita.
Ayúdame a pensar de otra manera.

Logan

Logan no había vuelto a pisar el cementerio desde el funeral de su padre. Pero aquel día se encontró ante las tumbas de sus padres con un ramo de rosas en las manos. Contemplando las lápidas, pensaba en la relación entre su padre y su madre. De niño siempre había pensado que se querían de verdad y que la familia era fuerte. Estaba convencido de que su padre era el hombre más bueno y justo del mundo.

Todo había sido una fachada para ocultar la verdad. Su padre había mentido mientras conspiraba para abandonar a su madre y sustituirla por Louisa Montrose.

El rencor se apoderó de él mientras miraba las tumbas. El único crimen que su madre había cometido era amar a Randall Slade y a cambio esperar que él le fuera fiel. Al descubrir su aventura, hizo lo que consideró necesario para proteger a su familia: despedir a Louisa Montrose y echarlas a ella y a Sophia del rancho. Después de eso se dedicó en cuerpo y alma a sus hijos y a su marido, a pesar de que él no la amaba. Para Logan, su madre era una heroína al soportar estoicamente el dolor y la humillación.

–Lo siento, mamá –murmuró con voz queda. Se arrodilló para apartar la hierba seca y las hojas caídas y dejó la docena de rosas amarillas, las favoritas de su madre, sobre la lápida. Era la segunda vez que ofrecía flores aquel día. Por la mañana le había enviado azucenas a Sophia, y ella le había enviado un mensaje diciéndole que estaría lista a las ocho en punto para su primera cita.

Se preguntó si estaría siendo un hipócrita al culpar a su padre, cuando él mismo se estaba dejando seducir por una Montrose. Cierto era que no podía resistirse a Sophia, pero la infidelidad de su padre le había dado una lección muy valiosa y se había jurado que nunca cometería la misma estupidez que Randall Slade.

Él nunca confundiría el deseo con el amor.

Cuatro horas después, estaba llamando a la puerta de la habitación de Sophia con el sombrero en la mano. No la había visto desde aquella mañana, envuelta con una toalla, sacando la cadera, invitándolo a disfrutar de sus curvas... A Logan le había costado un esfuerzo supremo alejarse de ella. Pero no podía mentirle. No quería decirle las cosas que ella quería oír.

Sophia le abrió la puerta y le dedicó una pequeña sonrisa.

—Hola —un enorme aro dorado le colgaba de la oreja—. Pasa.

Logan la siguió al tocador.

—Lo siento, se me ha hecho tarde —se disculpó ella mientras se ponía el otro pendiente.

—No pasa nada.

—Tuvimos un problema de última hora en el hotel. El sistema de riego se activó en medio de la barbacoa y...

Logan la interrumpió con un beso.

—Esta noche no vamos a hablar de trabajo. Estás preciosa, Sophia.

—Gracias. No sabía qué ponerme... En tu nota no decías adónde íbamos a ir.

—Bueno... no estaba seguro de que aceptaras mi invitación.

—Las flores me encantaron, pero fue lo que escribiste lo que me convenció.

Logan intentó disimular una mueca. No debería haber escrito aquellas líneas, pues no estaba seguro de que alguna vez fuera a cambiar de opinión. Pero aquella mañana, después de la tórrida noche que habían compartido, pensaba con la entrepierna más que con la cabeza.

En cualquier caso, no le haría ninguna promesa

a Sophia. Se aferró a esa postura mientras le ponía una mano en la espalda y la conducía hacia su camioneta.

—Quiero enseñarte algo.

—¿Es un secreto? —preguntó ella.

—Más o menos —no sabía por qué había decidido llevarla a aquel sitio, pero quería impresionarla—. Es un lugar especial.

—¿Para todas tus primeras citas?

—Eres la primera mujer a la que voy a llevar —le respondió sinceramente, aunque ella no pareció creerlo.

—¿Y cómo se llama ese lugar especial?

—El Escondite.

—Nunca he oído hablar de él.

—Por eso se llama así, cariño. Y ahora siéntate y relájate. Está a una hora en coche.

El Escondite era un restaurante de piedra construido en la ladera de una montaña, desde donde se dominaba una vasta extensión de altos pinos. Más allá del bosque, las serenas aguas del lago Tahoe destellaban a la luz de la luna. Sophia se apoyó en una columna de la terraza para admirar la vista, invadida por una deliciosa sensación de paz y felicidad.

Logan se acercó y le ofreció un vaso de agua con gas.

—Gracias.

—Pensé que te gustaría ver este sitio —dijo él. Te-

123

nía un vaso en la mano que seguramente fuera whisky.

–Eres el dueño de este lugar, ¿verdad?

–Eres muy lista.

–Bueno… no ha sido muy difícil suponerlo. El restaurante está vacío y me has presentado a todo el personal.

Logan sonrió, arrebatadoramente atractivo con su traje de chaleco de brocado.

–La comida es muy buena. El lugar es tranquilo. Y la vista es…

–Maravillosa –susurró ella.

Pero en vez de contemplar el paisaje Logan se quedó mirándola a ella, hasta que tomó un sorbo de whisky y meneó la cabeza.

–¿Qué ocurre?

–Nada.

Sophia no lo creyó. Era obvio que algo lo preocupaba, pero optó por no insistir y Logan la llevó a una mesa en el mejor rincón de la sala. Aún le costaba creer que hubiera cerrado el restaurante para cenar a solas con ella.

–¿Desde cuándo este sitio es tuyo?

–Desde hace seis meses.

–Es fantástico, pero estoy un poco sorprendida.

–¿Porque no lo asocias con un ranchero, quizá?

Ella asintió.

–Este restaurante era de un amigo, pero su mala gestión lo estaba llevando a la quiebra. No me gusta ver cómo se echan a perder lugares con potencial, y en este caso podía hacer algo para evitarlo. Le salvé el trasero a mi amigo y le compré el restaurante a un buen precio.

—Qué buen amigo eres...

—Solo eran negocios.

—Tal vez, o tal vez eres más bondadoso de lo que crees.

—Eso sí que no.

Acabó el whisky de un trago. Logan podía ser más terco que una mula, pero aunque no quisiera admitirlo tenía un buen corazón. Cuando bajaba la guardia era un hombre decente y generoso.

Un pensamiento la asaltó de repente.

—¿No se aloja Luke en una cabaña cerca de aquí?

Logan la miró en silencio unos segundos.

—Está en la otra orilla del lago, a unos treinta kilómetros por carretera. ¿Por qué lo preguntas? ¿Quieres hacerle una visita?

Su tono de voz no disimulaba su resentimiento. La relación entre Logan y Luke no había sido muy buena últimamente, y Sophia pensó que era mejor no intervenir. Echaba de menos a Luke y esperaba que se estuviera recuperando sin problemas, pero no sabía cómo reaccionaría al enterarse de que ella estaba enamorada de Logan. No lo había llamado, y se sentía fatal por ello, pero ¿cómo sacarle el tema a Luke cuando ni siquiera sabía lo que el futuro les deparaba a Logan y a ella?

—Lo que quiero es estar aquí, contigo —le dijo sinceramente a Logan.

Él pareció satisfecho con la respuesta y asintió brevemente.

–Mi hermano está bien.

–Me alegra saberlo.

Dejaron el tema y dieron buena cuenta del mejor solomillo con verduras y champiñones que Sophia había probado jamás. Acabada la cena, se atrevió a formularle la pregunta que rondaba su cabeza.

–¿Cómo fue la relación con tu padre después de que mi madre y yo nos marcháramos?

Logan apretó los labios y apartó el plato vacío con más fuerza de la necesaria.

–¿Por qué quieres saberlo?

–Siempre me he preguntado qué pasó.

Él se frotó la mandíbula y tardó unos momentos en responder.

–Lo odiaba.

A Sophia no la sorprendió la respuesta. Entendía la desilusión que pudiera sentir un niño con el hombre al que había idolatrado. Ella no recordaba a su padre, pero el daño que le había hecho a su madre la había marcado de por vida.

–Lo siento… ¿Sigues odiándolo?

–¿Y eso qué importa? Ya no está.

–El perdón ayuda.

Logan negó con la cabeza.

–A mí no, Sophia. Y no quiero estropear nuestra primera cita hablando de esto.

Ella no quería presionarlo, pero cada estaba más enamorada de él y le gustaría que pudieran avanzar juntos sin obstáculos por medio. Quería pedirle que cambiara la idea que tenía de ella, pero no podía hacerlo a menos que él estuviera dispuesto a hablar del pasado. Y aquella noche no era el momento.

–Tienes razón. Vamos a hablar de otra cosa.

Logan se levantó.

–Tomaremos el postre en la terraza, si te parece bien.

–Sí, me encantaría –dijo ella, levantándose también.

–Perfecto. Necesito tomar el aire –le puso una mano en la cintura cuando ella se giraba y sus cuerpos se rozaron íntimamente.

–Lo siento, Logan. No quería disgustarte.

Él se acercó más a ella; mirándola intensamente.

–Lo único que me disgusta es no poder tocarte.

–Acabas de tocarme...

Él movió la cabeza para susurrarle al oído.

–No de la forma que quiero. Estoy teniendo el comportamiento propio de una primera cita.

Sophia ahogó un débil gemido.

–Merecerías un premio por tus esfuerzos.

–Un beso...

Ella sonrió, pero él no esperó a que le diera permiso. La abrazó y la besó de una manera suave y tranquila, pero exquisitamente prometedora.

En vez de tomar el postre volvieron a casa, en silencio, asidos de la mano, intercambiando miradas ardientes en el coche.

Capítulo Nueve

Sophia nunca se había imaginado despertarse en la cama de Logan tras una noche haciendo el amor. No había sido más que un arrebato pasional, sin ninguna promesa de futuro. Se había dejado seducir por un impulso más fuerte que su fuerza de voluntad.

La velada había sido mágica, pero cuando Logan le dio un casto beso de buenas noches e intentó ceñirse al comportamiento propio de una primera cita, Sophia puso fin a la farsa. Lo agarró de la mano y juntos entraron en la habitación de Logan.

A la mañana siguiente, estaba felizmente acurrucada bajo las sábanas cuando Logan entró en la habitación y la destapó.

–Arriba, dormilona.

–Mmm… solo unos minutos más antes de irme a trabajar.

–¿Trabajar? De eso nada, cariño. Hoy no vas a trabajar. Ya lo he arreglado todo. Tus reuniones han sido aplazadas y Lois Benson se encargará de sustituirte… Tengo preparado algo muy diferente.

Sophia no cabía en sí de gozo ante la perspectiva de pasarse todo el día con Logan.

–¿Esos planes incluyen pasar más tiempo en esta cama tan grande y cómoda?

Logan se inclinó para besarla en los labios.

–Eso también. Te lo garantizo. Pero antes tienes que probar mi ducha...

Después de ducharse juntos, salieron a montar y siguieron el curso de un arroyo a través de los bosques. Se detuvieron para almorzar junto a la orilla e hicieron el amor sobre una manta. Por la tarde volvieron al rancho, se acomodaron en la cama de Logan para ver una película del Oeste y Sophia se durmió en sus brazos sintiéndose más feliz que nunca.

El idilio se prolongó durante la semana siguiente. Sophia compartía con Logan las mañanas y las noches. Él la despertaba con suaves besos en la mejilla, se duchaban y desayunaban juntos antes de ir cada uno a su trabajo. Sophia intentaba concentrarse en sus labores para demostrarle a Logan y a sí misma que era digna de ocupar el puesto, pero por dentro no paraba de sonreír.

Logan también parecía muy contento, aunque de vez en cuando su expresión se tornaba fría y grave, como si algo lo inquietara. Cuando eso ocurría, Sophia sentía un escalofrío en la espalda.

El jueves por la tarde, Sophia se sentó en su despacho y le mandó un mensaje de texto a Luke: «¿Cómo está hoy mi mejor amigo?».

Dos días antes había decidido que la mejor manera de evitar una conversación no deseada con el hermano de Logan era comunicarse mediante breves mensajes de texto.

Recibió una respuesta al instante: «Recuperándome. Me siento mejor cada día. Te echo menos a ti y al rancho».

«Yo también te echo de menos. Por aquí todo bien». Añadió tres caritas sonrientes, pero lo pensó mejor y las borró.

Era una cobarde. Logan no le diría a Luke lo que había entre ellos, y ella no se atrevía a tener una conversación de verdad con él.

Tenía un rato libre y decidió salir a estirar las piernas. Aún le quedaban dos horas de trabajo antes de volver a ver a Logan, y no dejaba de contar los minutos.

Al salir vio una limusina negra acercándose. Se detuvo bajo el porche y un chófer con uniforme marrón salió del vehículo. Sophia ahogó un gemido al ver la famosa G estampada en el costado. El chófer abrió la puerta y salieron dos hombres. Uno era el vaquero del que estaba enamorada... y el otro era Gordon Gregory, su exmarido.

La imagen de los dos hombres juntos le aceleró el pulso. Uno podía ser su futuro; el otro era su pasado. Tragó saliva y permaneció inmóvil, mirándolos. La expresión de Logan era inescrutable. Gordon, en cambio, sonreía.

–Hola, mi hermosa Sophia –el tono posesivo de Gordon la incomodó.

Y también a Logan, a juzgar por su torva mirada.

–Hola, Gordon. ¿Qué haces aquí?

–Ha venido a comprar un semental –respondió Logan por él–. Acabamos de mantener una charla muy interesante.

Sophia se puso roja. ¿Habrían hablado de ella? Cuando se casó con Gordon se encontraba en una situación desesperada. Al principio él fue muy amable y respetuoso, pero ella se había engañado a sí misma al creer que podría llegar a amarlo. Él le había prometido un matrimonio sin condiciones, y quizá fue demasiado ingenua al creerlo. Poco después de que su madre falleciera, sin embargo, las expectativas y la actitud de Gordon cambiaron radicalmente. Una noche declaró que ya había saldado su deuda con ella y que era el momento de que Sophia comenzara a comportarse como una esposa. Al verse entre la espada y la pared, a Sophia no le quedó más remedio que poner fin al matrimonio.

–No podía venir al rancho Sunset y no hacerte una visita –continuó Gordon–. Logan ha tenido la amabilidad de enseñarme el hotel. Me gustaría hablar contigo a solas, querida. Ahora es un buen momento.

–Solo si es un buen momento para ella, ¿no? –intervino Logan, sin dejar de mirar a Sophia.

El viejo se echó a reír.

–Ya te tiene hechizado, por lo que veo. Y no me extraña. Es una mujer increíble. Deberías haberla visto en el coro. Nadie podía hacerle sombra…

A Sophia empezó a dolerle el estómago. La aparición de Gordon amenazaba con sacar a relucir la imagen que ella intentaba borrar.

–Tengo unos minutos, Gordon.

–Estupendo, estupendo –hizo ademán de agarrarla del brazo, pero Logan se interpuso entre ellos, dándole la espalda al viejo.

–¿Estás segura?

–Sí.

Logan asintió, aunque con un brillo de reprobación en los ojos.

–Nos vemos luego.

–Allí estaré –le susurró ella, antes de volverse hacia Gordon–. Podemos hablar en mi despacho.

Lo condujo a la oficina, manteniéndose un paso por delante de él. Antes de entrar en el edificio, se giró y vio a Logan donde lo había dejado, mirándola fijamente.

Una vez en el despacho, invitó a Gordon a tomar asiento y ella se sentó tras la mesa.

–Veo que has seguido adelante, Sophia. Supongo que habrás embaucado a ese vaquero rico para convencerlo de que te deje llevar este lugar.

–Sabes tan bien como yo que heredé la mitad del Sunset Lodge. Y dudo que un hombre como Logan Slade se dejara embaucar por alguien.

–Una mujer como tú podría hacerlo...

–¿Cómo está Amanda?

–Mi nieta está muy bien.

–Me alegro mucho. Dale recuerdos.

–Lo haré.

–¿En qué puedo ayudarte? –ladeó la cabeza. Sabía muy bien que no había ido allí solo para comprar un caballo.

Él volvió a sonreír.

–He venido a comprar un semental y eso es lo que he hecho, pero también estoy aquí para cumplir una promesa que le hice a Louisa.

La mención del nombre de su madre la sumió en un profundo desánimo.

–¿Qué… qué promesa?

–Asegurarme de que estuvieras bien. Tu madre pudo fingir que no sabía lo enferma que estaba, pero lo sabía muy bien. Nos hicimos muy amigos y hablamos mucho. Ella no quería que te preocuparas, y solo se quedó tranquila cuando te casaste conmigo.

Sophia cerró los ojos para asimilar las palabras. Su madre siempre había mentido sobre su verdadero estado para no asustarla, y siempre intentaba sonreír cuando su salud empezó a empeorar.

–Creo que le habría gustado que siguieras casada conmigo.

–Tal vez lo habría hecho, si no me hubieras presionado.

–Tuve mucha paciencia contigo, Sophia. Y me porté muy bien.

–Sí, eso es cierto. Te portaste muy bien con mi madre y conmigo.

–¿Y no crees que merezco una esposa de verdad? Tu madre murió, que Dios la tenga en su gloria, y tú estabas segura conmigo. Pensaba que...

–¿Que estaba en deuda contigo?

–No, Sophia. Tenía la esperanza de que me quisieras de verdad.

133

–Aprecio todo lo que hiciste por mí, pero contrariamente a lo que algunos crean, a mí no se me puede comprar. Comenzaste a presionarme nada más morir mi madre y me hiciste sentir muy incómoda, Gordon. No eres un hombre que se tome una negativa a la ligera, y al final no tuve más remedio que irme.

Gordon pareció sinceramente arrepentido.

–Lo siento. Fue un error por mi parte presionarte. Estoy acostumbrado a conseguir lo que quiero, y tú eras mi esposa...

Sophia había abandonado a Gordon sin importarle un bledo su fortuna. Nunca había querido su dinero.

–Lo sé, pero no podía darte lo que querías.

Gordon agachó la cabeza.

–Puede que te parezca un viejo estúpido por decirte esto, pero… estoy enamorado de ti, Sophia.

A Sophia lo conmovió su declaración, pero Gordon Gregory era propenso a enamorarse. A sus setenta y un años se había casado y divorciado cinco veces.

–Y mereces a una mujer que te ame tanto como tú a ella.

–Ahora lo veo –se encogió ligeramente de hombros–. Bueno, ya he cumplido con mi parte. He visto que estás bien y que estás construyendo una vida en este sitio. ¿Eres feliz?

–Sí –respondió ella sin dudarlo.

Él asintió y la miró pensativamente.

–Logan Slade es un hombre con suerte.

***

Después de despedirse de Gordon no podía concentrarse. El encuentro con él la había dejado perpleja y aturdida. Y temerosa de lo que Logan pudiera pensar de ella. Necesitaba más que nunca su comprensión y confianza.

Al cabo de un rato Hunter Halliday llamó a la puerta del despacho, que estaba abierta.

–Ya es la hora.

Hunter iba a avisarla a la hora de dar de comer a los caballos. Aparte del tiempo que pasaba con Logan, ir con Hunter a alimentar a los caballos de su propia mano era lo mejor del día.

Hunter esperó mientras ella cerraba el despacho y juntos salieron por la puerta lateral para dirigirse a los establos.

En el corral, los caballos se acercaron a la valla en busca de comida. Sophia les dio una zanahoria a cada uno y les acarició la cabeza. Al terminar Sophia estaba un poco más animada.

–¿Señorita Montrose? –la llamó Hunter mientras se aproximaba al coche–. ¿Va a la casa?

–Sí, así es.

–¿Puede saludar a Luke de mi parte?

Sophia sacudió la cabeza con desconcierto.

–¿A Luke?

–Sí, señorita. Lo vi entrando en la casa hace una hora. Luke ha vuelto.

Capítulo Diez

A Sophia se le formó un nudo en el estómago al aparcar su Camry junto al garaje del rancho. Permaneció unos minutos en el coche, sin saber qué hacer. Si Logan estaba en casa, ya debía de haber hablado con Luke. O quizá había dejado que lo hiciese ella. A Sophia le habría gustado pasar un poco más de tiempo con Logan. Y después de la visita de Gordon deseaba más que nunca aclarar las cosas con él. Para seguir adelante hacía falta que ambos confiasen el uno en el otro.

Por desgracia, aún no sabía cómo definir su relación con Logan. Ni tampoco sabía qué decirle a Luke. Se bajó del coche y avanzó hacia la casa mientras intentaba encontrar las palabras apropiadas.

Nada más entrar, oyó voces procedentes del despacho de Logan. Se acercó sin hacer ruido y se apostó junto a la puerta para escuchar sin ser vista.

–¿Me estás diciendo que Sophia se ha mudado aquí? –la voz de Luke expresaba su profundo malestar.

–Te he dicho que estaba recibiendo amenazas –respondió Logan en tono impaciente.

–¿Y se ha venido aquí para estar segura?

–Hay otra razón.

–¿Cuál?

–Estamos juntos –declaró Logan con firmeza.

Hubo un largo silencio y Sophia esperó con los ojos cerrados. Logan no había sido muy delicado ni sutil para comunicárselo a Luke.

–Maldito hijo de… –la incredulidad de Luke resonó en las paredes–. Te estás acostando con ella.

–Eso es, Luke. De mutuo acuerdo.

Se produjo otra larga pausa mientras Luke asimilaba la noticia.

–¿La has perdonado por todo lo que hizo? ¿Ya no crees que vaya detrás de nuestro dinero?

–Yo no he dicho eso.

–Sigues sin confiar en ella, ¿verdad?

–Estoy cubriéndonos las espaldas, Luke.

–Como le hagas daño…

–Tú serías tan tonto que te enamorarías. Al menos yo estoy seguro de que eso no me ocurrirá. Solo estoy protegiendo nuestros intereses.

–Eres un canalla, Logan –espetó Luke–. Sophia merece algo mejor.

–¿Y tú qué sabes? Tú no te despertaste en mitad de la noche y fuiste al establo para descubrir a nuestro padre, el venerado Randall Slade, montando a la madre de Sophia en el guadarnés.

Sophia ahogó una exclamación de espanto. Caminó temblorosamente hacia la puerta del despacho y los dos hermanos se quedaron horrorizados al verla. Lo había oído todo. Logan nunca había sentido nada por ella.

–¿El… el guadarnés, Logan?

—Sophia...

—No lo escuches, Sophia —intervino Luke—. Es un...

—Respóndeme, Logan —exigió ella, alzando la voz.—. ¿Viste a nuestros padres en el guadarnés?

Logan parpadeó y meneó la cabeza.

—No tenías que oír esta conversación.

Sophia no podía respirar. El corazón le latía desbocado y el estómago se le retorcía de angustia. Nunca había sentido una traición semejante. Para Logan solo había sido un juego y una manera de mantenerla alejada de Luke. Debía de haberse divertido mucho al seducirla en el mismo lugar donde encontró a su padre.

—Luke tiene razón —estaba destrozada, aturdida y el dolor apenas le permitía hablar, pero no podía marcharse sin que Logan supiera la verdad—. Eres un canalla.

Logan se encogió, lo que le dio una mínima satisfacción a Sophia.

—Nunca has querido escuchar la verdad sobre tus padres. Yo quería decírtelo, pero pensé que era mejor esperar hasta haberme ganado tu confianza. Ahora veo que nunca la tendré. Tú también debes saber esto, Luke. Vuestros padres se casaron por conveniencia para unir a dos poderosas familias. Ella estaba embarazada de ti, Logan, y tu padre nunca la quiso como ella quería ser amada. Como toda mujer merece ser amada. Pero aún así se unieron y formaron una familia.

Agachó la cabeza, incapaz de ver la expresión

acongojada de Logan. Pero tenía que seguir. Aunque Logan no la creyera, debía soltarlo todo. Por su madre y por ella misma.

—Cuando vinimos a vivir al rancho, no había nada entre tu padre y mi madre salvo un profundo respeto mutuo. Pero con el paso de los años fue creciendo una fuerte atracción entre ellos. Intentaron reprimirla, pero al final se enamoraron. Para mi madre fue un suplicio. La oía llorar por las noches y a menudo hablaba de abandonar el rancho y buscar otro trabajo. Pero a mí me encantaba vivir aquí, no soportaba la idea de irme a otro sitio y le supliqué que nos quedáramos. Y ella accedió por mí.

»Tu padre estaba dispuesto a divorciarse de Ivy. No era una decisión fácil, pero estaba decidido. Mi madre se lo impidió. No quería que Randall renunciara a su familia por ella. Todos pensaron que Ivy descubrió su aventura y despidió a mi madre, pero la verdad es que mi madre fue a verla para disculparse personalmente. Le ofreció marcharse del rancho para que ella y Randall pudieran superarlo y mantener unida a la familia. Siempre me decía que había hecho lo correcto. No podría haber vivido con la conciencia tranquila si hubiera sido la causante de una ruptura familiar. Jamás tocó un solo centavo de Randall y le hizo prometer que nunca la buscaría. Y hasta donde yo sé, él nunca lo hizo.

—Pero te incluyó en su testamento —señaló Luke.

Sophia guardó un breve silencio. El rostro de Logan era impenetrable.

—Mi madre amaba a Randall Slade con todo su

corazón y aun así lo abandonó. Fue lo más duro que tuvo que hacer jamás –los ojos se le llenaron de lágrimas al mirar a Logan–. Siempre decía que… fue un amor desperdiciado.

Los ojos de Logan destellaron. Avanzó hacia ella, pero Sophia retrocedió y levantó una mano.

–Me vuelvo a la casa. Quiero estar sola. Espero que ambos respetéis mis deseos.

–¿Yo también, Sophia? –preguntó Luke.

A Sophia la alegraba ver de nuevo a su amigo, completamente recuperado salvo por el brazo en cabestrillo.

–Lo siento, pero en estos momentos necesito estar sola.

Se dio la vuelta y salió del despacho, sumida en una devastadora desilusión.

Echaba terriblemente de menos a su madre.

Y sabía que echaría aún más de menos a Logan Slade.

Logan se desplomó en la silla y cerró con fuerza los ojos, pero la imagen de Sophia seguía fija en su cabeza.

«¿El guadarnés, Logan?».

Puso una mueca de dolor. Lo del guadarnés no había sido premeditado. Él no pretendía seducirla aquella noche. Todo había sido una coincidencia, un giro irónico del destino.

–Levanta, para que pueda darte una paliza –lo amenazó Luke.

Logan ni siquiera se molestó en mirarlo.

–¿Con tu brazo izquierdo?

–Imbécil.

La relación de amor odio que mantenía con su hermano lo estaba sacando de sus casillas. Quería quedarse a solas con sus miserables pensamientos.

–Lárgate, Luke.

–Sophia no debería estar sola en la casa.

–Ya lo sé.

–Me quedaré con ella esta noche. Seguro que está de acuerdo. Le gusto.

Logan se puso en pie y encaró a su hermano.

–No te acerques a ella, ¿entendido? Si alguien tiene que protegerla, soy yo.

Luke abrió la boca, pero no dijo nada. Los dos se miraron en un silencioso duelo de miradas, hasta que Luke puso los ojos como platos y se echó a reír.

–Esta sí que es buena… Tú la quieres. Te has enamorado perdidamente de Sophia y ella no te soporta. Prefiere arriesgarse a las amenazas de un acosador a estar contigo.

–Te equivocas.

–Todo este tiempo has intentado convencerte de que Sophia es igual que su madre. Y es cierto, es exactamente igual que Louisa… una mujer con un corazón de oro que merece que la vida le dé un respiro. Una mujer que hizo feliz a nuestro padre, aunque fuera por poco tiempo. Maldita sea, Logan. Yo sabía que mamá y papá no eran felices juntos y que su matrimonio fue por pura conveniencia. Nunca vi a papá como si fuera un dios. Era humano y tenía defectos, como todo el mundo. No digo que lo que hizo estuviera bien, pero sé que amaba a mamá a su manera. Nos criaron y consiguieron mantener unida a la familia. Pero quizá no deberían haber permanecido juntos. Quizá los dos habrían sido más felices si se hubieran separado. ¿No lo has pensado, Logan?

–No.

–Muy bien, entonces deja que Sophia salga de tu vida.

–Acaba de hacerlo y yo no he ido tras ella, ¿verdad?

Luke lo miró con disgusto.

–Y no sabes lo que te pierdes.

Se dio la vuelta y salió lentamente del despacho.

Al quedarse solo, Logan hizo una llamada para aumentar la seguridad en la finca. Aquella noche se pasaría personalmente por la casa para cerciorarse de que todo estaba en orden.

Nadie en el rancho correría el menor peligro.

Ni siquiera Sophia.

–Necesito tu firma aquí, aquí y aquí –dijo Logan, inclinándose sobre la mesa de Sophia para señalar tres líneas del contrato. Los inviernos eran muy duros y había que instalar un nuevo sistema de calefacción en los establos.

Durante los últimos cinco días Logan había buscado cualquier excusa para pasarse por su despacho, pero ella no quería verlo. Sabía que su único interés era proteger el rancho de los intrusos. No era capaz de sentir nada por ella.

–Deja los papeles y les echaré un vistazo más tarde –dijo sin apartar la mirada del ordenador.

–Ya los ha revisado nuestro abogado. Está todo en regla.

Sophia asintió, firmó y empujó los contratos hacía él, retirando rápidamente las manos para no rozarle los dedos.

–¿Vas a seguir sin hablarme? –le preguntó él.

–Hablo contigo todos los días –por fuera intentaba parecer fría y desdeñosa, pero por dentro le hervía la sangre.

Logan puso los brazos en jarras y exhaló un suspiro de frustración.

–Nunca te hice falsas promesas.

–Es verdad, no me las hiciste –no iba a discutir ni a defenderse. La indiferencia era su única protección–. ¿Algo más?

–No podemos continuar trabajando así.

Sophia apagó el ordenador, pero siguió sin mirar a Logan.

–No tendremos que hacerlo. Luke ya está bastante recuperado y puede eximirte de tus tareas en el hotel.

Oyó los ladridos de Blackie procedentes del exterior. Edward debía de estar jugando con el perro en el jardín. Su trabajo había acabado por aquel día. Ordenó los papeles de la mesa y se levantó, y en esa ocasión miró a Logan. Era difícil no fijarse en la camisa de algodón ceñida a su amplio pecho y los vaqueros moldeando sus esbeltas caderas. Una imagen demasiado peligrosa...

–Tengo que irme.

–Háblame, Sophia –le pidió él sin apenas mover los labios.

–No puedo. Tengo una… una cita.

Logan arqueó las cejas.

–¿Con quién?

–Voy a cenar con tu hermano.

–¿Con Luke? –el rostro de Logan se contrajo en una fea mueca–. ¿Por qué siempre tiene que ser Luke?

Sophia cerró los ojos e intentó sofocar sus emociones. Cinco minutos a solas con Logan eran cinco minutos de tortura. Por muy indiferente que pretendiera ser, lo seguía amando.

–Porque para mí es lo que tú nunca fuiste, Logan. Es mi amigo. Y en estos momentos necesito un amigo más que nunca.

Al pasar a su lado olió su fragancia a cuero y almizcle. Aquel irresistible olor masculino se le quedaría para siempre grabado en el cerebro.

–¿Y si te dijera que estoy celoso de la amistad que tienes con mi hermano? –le preguntó él cuando casi había conseguido escapar.

Se quedó inmóvil en el umbral, con un nudo en la garganta, aturdida por la confesión.

–¿Y si te dijera que podrías haber participado en nuestra amistad? –le preguntó ella–. Luke adoraba a su hermano mayor, y yo habría estado encantada de aceptarte como amigo.

Salió rápidamente del despacho, incapaz de ver la expresión de Logan. Una parte de ella lo odiaba, pero otra parte sentía lástima del chico que había sido.

La cena en el Dusty's Steakhouse fue deliciosa y segura. Luke y Sophia habían decidido dejar el chile del Kickin' para otro día. La conversación fue muy animada y a Sophia le encantó ver que Luke se recuperaba sin problemas de su accidente. Pero durante toda la velada estuvo recordando el encuentro con Logan.

–¿Qué ocurre, Soph? –le preguntó Luke mientras subían por el camino hacia la casa–. ¿No puedes sacarte a mi hermano de la cabeza?

–No, no es eso… Siento si no he sido una buena compañía esta noche.

–No digas tonterías. Has sido una compañía estupenda. Pero algo te ocurre y me gustaría saber de qué se trata.

Sophia se detuvo al llegar a la puerta de la casa y se giró para mirar los azules ojos de Luke. No sabía si debería hablar de Logan con su hermano menor. Los dos hombres no se llevaban muy bien y ella no quería añadir leña al fuego.

–Bueno, si no me lo dices intentaré adivinarlo –dijo Luke–. Logan te dijo algo que te molestó.

–No, no es eso...

–Me sorprende que le hables.

–No tengo más remedio. Sunset Lodge es muy importante para mí y no puedo dejar que mi vida privada se entrometa en mi trabajo.

Los ojos de Luke destellaron de picardía.

–Muy bien, pero ¿vas a decirme qué te dijo mi hermano?

Ella desvió la mirada y se mordió el labio, antes de ceder a la insistencia de Luke.

–Logan admitió que tenía celos de nosotros cuando éramos niños. No quería sacar el tema, pero...

La incredulidad y el asombro se reflejaron en el rostro de Luke.

–¿Creía que tú y yo éramos...?

–No, no. Estaba celoso de nuestra amistad.

Luke frunció el ceño y negó con la cabeza.

–Nunca pensé que le importáramos. Siempre estaba burlándose de nosotros y de que hiciéramos tan buenas migas. Para él solo éramos unos inmaduros –se quedó pensativo un momento–. O puede que sí. Pero me sorprende que te lo diga ahora. No es propio de Logan hacer ese tipo de confesiones.

Sophia agradecía la compañía de Luke, pero el estrés de la última semana la había dejado sin fuerzas. Intentó en vano reprimir un bostezo.

–Estás agotada... pero al menos hoy dormirás sin ardor de estómago.

Ni con el temor de que la estuvieran acosando. Hacía días que no recibía ninguna not.

–Gracias por la cena –le dio un beso en la mejilla–. Buenas noches, Luke.

«Es difícil no amar a Sophia».

Las palabras de Gordon Gregory resonaban en

su cabeza, pero no había querido hablar de Sophia con aquel viejo. Estaba convencido de que Gregory había ido al rancho a crear problemas, y después de haberle vendido a Tormenta se metió en Internet para buscar información sobre su matrimonio con Sophia. Descubrió que la revista *Revealed* había publicado una foto de Sophia con el escaso atuendo de una *showgirl* y con el viejo abrazándola por la cintura.

Pero al volver a mirar la foto en el ordenador de su despacho vio algo que no había visto antes. La primera vez solo se había fijado en su cuerpo perfecto y semidesnudo, como haría cualquier hombre, pero no se había percatado de la expresión de sus ojos.

Y fueron esos ojos ambarinos los que la delataron, pues no brillaban de satisfacción por haberle echado el lazo a un viejo rico. La foto revelaba algo muy distinto. Logan sintió un escalofrío por la espalda.

Porque Logan había hecho que aquellos ojos brillaran de satisfacción, de entusiasmo y deleite. Mientras que la unión con Gregory Gordon solo los llenaba de remordimiento y desesperación.

El teléfono interrumpió sus divagaciones.

–¿Diga? –respondió de mala gana.

–¿Señor Slade? Soy Peggy Coswell, de recursos humanos. Quería preguntarle si… sabe algo de la señorita Montrose. No se ha presentado a su reunión de las ocho.

Logan miró la hora en el monitor.

–Eso fue hace cuarenta y cinco minutos.

–Sí, señor. Hoy no ha venido al hotel. Y no responde al teléfono.

A Logan se le aceleró el corazón, y lo primero que pensó fue en Luke. La noche anterior habían cenado juntos. ¿Sería posible que hubieran...? No, de eso nada. Sophia no se acostaría con su hermano. En aquel instante supo dos cosas con una certeza abrumadora: ella no era una cazafortunas ni una oportunista que buscara aprovecharse de nadie. En cuanto a la segunda cosa... tendría que esperar a que encontrase a Sophia y se asegurara de que estaba bien.

Le ordenó a Peggy que llamara a seguridad y que peinaran el área. A continuación, fue a la habitación de Luke y entró sin llamar. Su hermano estaba aún en la cama, solo.

–Sophia no ha ido hoy a trabajar y nadie la ha visto en toda la mañana. Tampoco responde al teléfono. ¿Cuándo fue la última vez que la viste?

Luke lo miró con los ojos semicerrados.

–Eh... anoche, alrededor de las nueve. La dejé en su casa después de cenar.

–Quédate aquí y haz algunas llamadas a ver qué puedes averiguar. Voy a buscarla.

Luke se incorporó en la cama.

–De acuerdo. Encuéntrala, Logan.

–Lo haré.

***

Logan conducía a toda velocidad. Nunca un kilómetro le había parecido tan largo. Llegó a la casa y vio el coche de Sophia allí aparcado. Se bajó rápidamente y abrió con la llave que tenía de la puerta.

–¿Sophia? ¿Sophia?

No estaba en el salón ni en la cocina. Tampoco en el dormitorio, pero su ropa seguía colgada en el armario. Y al tocar la cafetera la notó templada. La había usado aquella mañana.

Al registrar el salón con más detenimiento encontró algo en el sofá. Una flor violeta. Removió los cojines y encontró algo más.

Una nota mecanografiada en un papel blanco pulcramente doblado: «Eres preciosa».

Logan maldijo en voz alta. Se quitó el sombrero y pensó a toda prisa. Tenía que llamar al sheriff. Quizá no le hicieran mucho caso, pues solo estaba desaparecida desde hacía una hora. Pero tenía que intentarlo. Haría cualquier cosa para encontrarla.

Antes de que pudiera hacer la llamada, sin embargo, recibió una llamada de su hermano.

–¿La has encontrado? –le preguntó Logan.

–No exactamente. Constance me ha dicho que Edward también ha desaparecido. Se llevó a Blackie a dar un paseo hace una hora y no ha vuelto. Ha perdido el autobús de la escuela.

–¿Tiene Constance alguna idea de adónde podría haber ido?

–Le gusta pasear al perro junto al arroyo que pasa por detrás del viejo cobertizo. Está muy preocupada, Logan.

–Voy al arroyo. Te llamaré si...

Dejó la frase a la mitad, porque una inconfundible mata de pelo blanco y negro pasó corriendo junto a la casa. Logan salió a la puerta y gritó con todas sus fuerzas.

–¡Blackie!

El perro se detuvo al verlo y se acercó con la cola caída. Logan se arrodilló a su altura.

–¿Adónde vas, chico? ¿Al hotel? ¿Dónde está Edward? ¿Necesita ayuda?

El perro giró la cabeza en la dirección por la que había venido. No hacía falta ser un lince para saber que Blackie estaba buscando ayuda. Logan lo levantó en brazos y lo depositó en la cabina de la camioneta mientras seguía hablando con Luke.

–No estoy lejos del arroyo. He encontrado al perro y con un poco de suerte podrá guiarme hasta ellos.

Logan avanzaba con la camioneta campo a través, sobre las madrigueras de las chinchillas y los accidentados pastos, en dirección al viejo cobertizo que se levantaba junto al arroyo. Era el lugar perfecto para que un niño fuera a jugar. Logan y sus hermanos solían ir allí después de la escuela a buscar gusanos y culebras.

Al ver el cobertizo detuvo la camioneta y apagó el motor. Nada más abrir la puerta, el perro salió corriendo hacia el arroyo. Logan lo siguió velozmente, con el corazón en un puño.

Vio a Sophia sentada en una roca, con la pierna derecha en alto y sin zapato. Un inmenso alivio se apoderó de Logan. Nunca se había alegrado tanto de ver a alguien. Nunca había sentido tanto miedo. Nunca había estado tan seguro de algo en toda su vida como en aquel momento, mirando a Sophia Montrose y dándose cuenta de que había estado a punto de perderla.

Edward se acercó a él, cabizbajo y con expresión arrepentida.

−¿Qué ha pasado, Edward?

−La-la señorita Sophia se ha torcido el tobillo. No pu-puede andar.

Logan miró a Sophia. Tenía el pelo hecho un desastre, la blusa le colgaba alrededor de la falda y el tobillo se le había hinchado.

−¿Qué hacéis aquí? −le preguntó a Edward.

El chico volvió a agachar la cabeza.

−No pasa nada, Edward −dijo Sophia−. Cuéntale a Logan lo de las notas.

Logan parpadeó con asombro.

Edward siguió mirando al suelo.

−Yo-yo le escribí las no-notas a la señorita So-Sophia.

−¿Que hiciste qué? −gritó Logan.

El niño se estremeció de temor.

−Tranquilo, Logan −intervino Sophia−. Edward me lo ha explicado. No intentaba asustarme, todo lo contrario. Le daba vergüenza ser mi amigo. Lo deduje hoy, cuando descubrí otra nota junto a las mismas violetas que Edward le regaló hace tiempo a su abuela. Decidí seguirlo hasta aquí para que pudiéramos hablar, pero metí el pie en una madriguera y me torcí el tobillo.

–Tu abuela está muy preocupada –le dijo Logan al niño en tono severo, pero Sophia le pidió clemencia con la mirada y él decidió hacerle caso. Hasta los críos como Edward se enamoraban de ella. Su exmarido tenía razón.

Era difícil no amar a Sophia.

Luke y Constance habían aparecido justo cuando Logan se disponía a llamar a su hermano. Constance estaba muy contenta por haber encontrado sano y salvo a su nieto, pero prometió que le haría entender a Edward las consecuencias de lo que había hecho. Luke se los llevó a los dos de vuelta al rancho y Logan se quedó con Sophia para examinarle el tobillo.

–No fue culpa suya. No se imaginaba que sus notas pudieran asustarme tanto. Es un niño muy tímido que ha tenido una vida difícil. Solo quería que fuéramos amigos.

–Ese niño está colado por ti –replicó Logan–. Pero bueno… Supongo que ejerces ese efecto en todos los hombres.

–Eso no es cierto.

Logan se sentó en la roca, junto a ella, y estiró las piernas. El murmullo del arroyo y el canto de los pájaros revoloteando de árbol en árbol llenaban el silencio.

—Muy bien, entonces solo a mí me pareces una mujer hermosa, lista, buena, trabajadora, con un cuerpo de infarto y esos grandes...

—¡Logan!

—Ojos, Sophia –aclaró él, riendo.

Sophia no sonrió. Parecía más confundida que nunca.

—No estás diciendo más que tonterías. Tú no piensas esas cosas de mí. Me dejaste muy claro qué opinión te merezco.

—¿Sabes? Estaba muerto de miedo cuando me enteré de que habías desaparecido, y casi me vuelvo loco buscándote por toda la finca e imaginándote en manos de un acosador. No habría soportado que algo te ocurriera. Estaba equivocado contigo.

—Fuiste muy cruel conmigo. Le dijiste a Luke cosas muy duras...

—Le dije esas cosas a Luke porque… siempre he sentido celos de vuestra amistad. Y hasta hoy tenía miedo de admitir la verdad… Te quiero, Sophia. Te quiero tanto que me da miedo.

Sophia pensó que estaba teniendo alucinaciones, tal vez por el dolor del tobillo.

—Nunca le había dicho esas palabras a una mujer. Nunca había querido hacerlo. Nunca había creído en el amor verdadero. Hasta ahora.

—Entonces… ¿no piensas todas esas cosas horribles de mí?

—Si me cuentas la verdad, la creeré, sea cual sea.

Sophia no lo dudó. Siempre había querido aclarar las cosas con él.

–No me casé con Gordon por su dinero. Era un amigo y yo necesitaba desesperadamente su ayuda...

Se pasó los próximos minutos explicándoselo todo sobre Gordon Gregory y su nieta.

–No le pedí nada más. Y nunca me acosté con él, Logan. Nunca. Por eso nos divorciamos. Después de que mi madre falleciera, empezó a presionarme. Decía que estaba enamorado de mí, pero yo no lo amaba. Nunca sentía nada por él... Nunca me acosté con él –repitió.

–Pero conmigo sí lo hiciste.

Sophia cerró los ojos un instante. No tenía nada que perder y sí mucho que ganar. Y por ello decidió depositar su fe y su confianza en Logan una vez más.

–Sí, me acosté contigo. Y me enamoré de ti. No tengo ni idea de por qué te amo. Lo lógico hubiera sido enamorarme de Luke, pero por él no siento más que una bonita amistad.

Logan se giró hacia ella, y Sophia vio en sus ojos la misma expresión da Randall Slade cuando miraba a su madre. La expresión que toda mujer merecía ver en los ojos de su amado.

–¿Tú... me quieres?

Ella asintió, y él sonrió y la agarró de la mano.

–No puedo seguir negando lo que siento por ti. Desde que te besé en el instituto he sabido que había algo especial entre nosotros.

–Yo también lo sabía –susurró ella.

Logan la abrazó.

–Perdóname por haber sido tan duro contigo. Fui un imbécil.

Oír a Logan admitir sus errores y pedirle perdón era el mejor regalo que podía recibir del hombre al que amaba.

–Creo que podré perdonarte...

–Bésame, Sophia.

Ella sonrió.

–¿Pensarás de mí que soy fácil?

–Ninguno de los dos somos fáciles, cariño.

Entonces ella lo besó y sintió cómo la tensión abandonaba el cuerpo de Logan. La coraza de recelo y desconfianza con la que se había protegido toda su vida se derrumbaba ante la fuerza incontenible del amor.

Era la rendición definitiva de Logan.

La batalla había terminado. Aquel beso era el faro que los guiaba en la oscuridad. Él la amaba y ella lo amaba. Todo habían sido complicaciones hasta ese momento, pero todo se reducía al fin a una maravillosa simpleza.

–Te quiero, Logan Slade.

Él volvió a besarla, con ternura y adoración.

–Cásate conmigo, Sophia. Vente a vivir conmigo al rancho. Sé para siempre mi pareja, mi amiga y mi esposa.

Sophia le puso la mano en la mejilla y lo miró intensamente a los ojos.

–Sí, Logan. Me casaré contigo.

Logan sonrió y sus ojos destellaron de amor.

–Soy un hombre con suerte.

–Y yo la mujer más feliz del mundo.

Logan se quitó el sombrero Stetson y se lo puso a ella en la cabeza.

–Estoy impaciente por convertirte en una Slade. Mi padre siempre decía que serías una buena esposa.

–¿Tu padre? ¿Crees que planeó todo esto? ¿Crees que quería que yo encontrase el amor en el rancho Sunset y por eso me incluyó en su testamento?

Logan lo pensó seriamente.

–Es posible. Mi padre te quería como a una hija.

A Sophia se le llenaron los ojos de lágrimas.

–Quizá fuera su voluntad que te casaras con un Slade.

–Me gustaría creer que así fue. ¿Podrás perdonar alguna vez a tu padre, Logan?

–Si te trajo hasta mí, desde luego que puedo perdonarlo.

Sophia sonrió y él le apartó una lágrima de la mejilla.

–Entonces vamos a creerlo.

–Con mucho gusto, cariño.

Tal vez el amor que se habían profesado Randall y Louisa no hubiera sido un desperdicio.

Sophia se aferró a aquella idea con tanta fuerza como abrazaba a su vaquero.

Sintiéndose henchida y envuelta por el amor de Logan, al fin podría considerar el rancho Sunset su hogar.

Perdiendo el corazón

JENNIFER LEWIS

Con negocios que conquistar en Singapur y una herencia centenaria que mantener en Escocia, al inversor James Drummond no le eran extraños los retos. Pero hacer suya a la misteriosa Fiona Lam era un reto muy arriesgado. Cuando le ofreció la luna y las estrellas, Fiona respondió con una proposición inesperada: una apuesta. Para ella, ganar una carrera de caballos contra James Drummond era la única oportunidad de recuperar la empresa y el honor perdido de su padre. Seducir a James solo era un medio para conseguir un fin… hasta que terminaron en la cama.

Una apuesta temeraria

Acepte 2 de nuestras mejores novelas de amor GRATIS

¡Y reciba un regalo sorpresa!

Oferta especial de tiempo limitado

Rellene el cupón y envíelo a
Harlequin Reader Service®
3010 Walden Ave.
P.O. Box 1867
Buffalo, N.Y. 14240-1867

¡Sí! Por favor, envíenme 2 novelas de amor de Harlequin (1 Bianca® y 1 Deseo®) gratis, más el regalo sorpresa. Luego remítanme 4 novelas nuevas todos los meses, las cuales recibiré mucho antes de que aparezcan en librerías, y factúrenme al bajo precio de $3,24 cada una, más $0,25 por envío e impuesto de ventas, si corresponde*. Este es el precio total, y es un ahorro de casi el 20% sobre el precio de portada. !Una oferta excelente! Entiendo que el hecho de aceptar estos libros y el regalo no me obliga en forma alguna a la compra de libros adicionales. Y también que puedo devolver cualquier envío y cancelar en cualquier momento. Aún si decido no comprar ningún otro libro de Harlequin, los 2 libros gratis y el regalo sorpresa son míos para siempre.

416 LBN DU7N

Nombre y apellido	(Por favor, letra de molde)

Dirección	Apartamento No.

Ciudad	Estado	Zona postal

Esta oferta se limita a un pedido por hogar y no está disponible para los subscriptores actuales de Deseo® y Bianca®.
*Los términos y precios quedan sujetos a cambios sin aviso previo.
Impuestos de ventas aplican en N.Y.

SPN-03   ©2003 Harlequin Enterprises Limited

Bianca.

La había hecho derretirse por dentro...
antes de destrozarle el corazón

La famosa organizadora de
bodas Avery Scott no debería sorprenderse de que su
último cliente fuese el príncipe de Zubran. Decidida a no
hacer caso del encanto letal
de Malik, hizo una lista de
cosas que tenía que tener
en cuenta:

1. No era la prometida de
Malik y su relación tenía que
ser estrictamente profesional.

2. La novia que le habían
buscado a él podría haber
huido, pero para los reyes
de Zubran el deber siempre
era lo primero.

3. Por muy lujosa que fuese
la tienda de campaña bedui-
na y por muy ardiente que
fuese la pasión, el orgullo le
prohibía el contacto que ella
anhelaba.

En un mundo de jeques

Sarah Morgan

Tras las puertas de palacio

JULES BENNETT

Su matrimonio tenía todos los ingredientes de un gran romance de Hollywood: un bello entorno mediterráneo, un guapo príncipe y sexo del mejor. Era una lástima que no fuera real. Cuando el príncipe Stefan Alexander se casó con Victoria Dane, se trataba solo de un acuerdo entre amigos para asegurarse la corona. Victoria había renunciado a mucho por esa supuesta vida de cuento de hadas con Stefan, pero no tardó en descubrir que se había enamorado de él. Había llegado la hora de luchar por lo que realmente importaba, porque lo único a lo que no podía renunciar era a él.

¿Aceptaría una propuesta de verdad?

[10]